戦争とミステリー作家

なぜ私は「東条英機の後輩」になったのか

西村京太郎

徳間書店

日本中が、歓声をあげるのは当然だった。
絵に描いたような植民地解放戦争だからだ。
日本人にしてみれば、世界中に自慢できるし、
独立を渇望する人々からは、歓迎されるからだ。
この太平洋戦争で、唯一の問題は、
敵のアメリカ人が、よくわからず、
心から憎めないことだった。
奇妙な事態だった。
日本人が、アメリカ人がよくわからない。
不思議な戦争だった。（本書より）

目次

第一章

戦争が海の向こうにあった頃

～戦前に生まれて～

第二章

「歓戦」が「厭戦」に変わる時

～戦時下の生活者たち～

第三章

軍国少年の隣にはいつも死があった
～東京陸軍幼年学校にて～

第四章 アメリカがこの国の何を変えたのか

～占領を経て～

第五章

終戦後の職を求めて

~人事院・パン屋・競馬場・探偵・作家~

第六章

京都で考えたこと

～アメリカには不可解な独特世界～

特別編

山村美紗さんとのこと

装幀　木村友彦
装画　津川悟
協力　東京新聞電子メディア局知的財産課
企画　福田竜一（東京新聞）
取材　松崎晃子（中日新聞）
編集　加々見正史（徳間書店）

第一章
戦争が海の向こうにあった頃
～戦前に生まれて～

恐慌下に生まれる

私は一九三〇（昭和五）年九月六日、東京の荏原町に生まれた。今の品川区である。

暦では「午の年の午の月の午の日」だと言われて育ったが、これは、単なる偶然でしかない。大事なのは、この年が、あの世界大恐慌の始まりだったことである。

前年の昭和四年からアメリカの恐慌が始まっていた。それを日本の浜口雄幸内閣（＊1）は軽視して、この年の一月十一日に、金解禁に踏み切った。要するに、今までの経済政策は臨時的なものだったが、正常なものに戻すという発表である。それは、日本の自信を示すものだった。新聞は、この発表を歓迎した。

「金解禁今日実施、多年の暗雲ここに一掃され、国力進展の秋来る！」と、書き立てた。政府も世界の経済情勢を見誤ったし、新聞も、見誤ったのである。

世界恐慌ニューヨーク・ウォール街の混乱

世界経済の中心、アメリカが不況に突入し、企業倒産が続出し、失業者が増大した。アメリカ頼みの日本は、輸出の花形生糸が、たちまち、失速した。対米輸出は、九億円から五億円に減った。物が売れなくなると、企業は操業短縮に走る。合理化が始まって、従業員が解雇される。この年の全労働者が七百万人とすると、その中の二百万が失業したとも、三百万ともいわれた。

当然、労働争議が頻発する。件数は、前年の一・六倍になった。

東京に失業者が増え、トボトボと故郷へ帰る失業者の群れを、新聞がルポしたりしている。それも、汽車賃が無く、家族を連れて東海道を歩く人々の哀れな写真である。

しかし、農村はもっと悲惨だった。この年米が豊作だったが、それさえ農村にダメージを与えた。米の暴落である。昭和四年に一俵（六〇キロ）十二円八十八銭だったのが、この年昭和五年には、五円七十四銭になってしまったのだ。

それに生糸が売れないため、農村の養蚕業も大きなダメージを受けた。

＊1　浜口雄幸内閣

一九二八年に満州（中国東北部）で勢力を誇っていた張作霖が日本の関東軍によって爆殺されるという事件が発生し、その責任を問われた当時の田中義一内閣が総辞職。前年に野党・立憲民政党の初代総裁となっていた浜口雄幸（一八七〇～一九三一年）が総理に就任し組閣した。金解禁（金輸出解禁＝金の輸出禁止を解禁し、金保有高を確保することで為替相場を安定させる目的）の実施、ロンドン海軍軍縮条約調印などを行う。浜口は一九三〇年に東京駅で右翼の青年に狙撃され重傷を負い、翌年死去。

長屋暮らし

この時、新聞に農村の窮乏を端的に示す一枚の写真がのった。

「娘身売の場合は当相談所へ御出（おいで）下さい。伊佐澤村相談所」

この一枚のポスターは、その後、農村疲弊（ひへい）の印として、何度も取り上げられている。

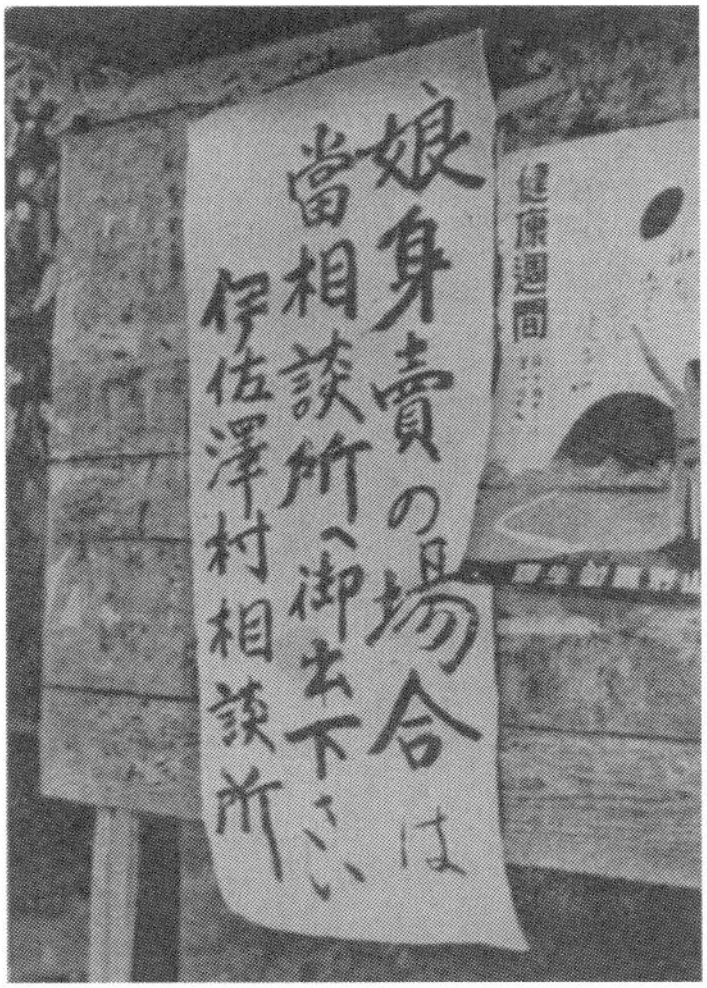

農村では娘の身売りがみられ、役場がこんなはり紙までした

事実、借金返済のため、この年多くの農村で娘の身売りがあった。

こんな一九三〇（昭和五）年に、私は四軒長屋の一角で生まれた。一軒の広さが、六畳と三畳の二間、トイレと小さな台所がついている。それが四軒でひとかたまりで、真ん中に井戸が一つ。典型的な長屋である。私が生まれた頃（ころ）は、まだ水道が来ていなかった。風呂はもちろん近くの銭湯である。小さな庭があって、なぜか桐の木があった。どの家にも同じように桐の木が一本植えられていて、生まれた娘が嫁に行く頃には、大木になっていて、桐のタンスにして、嫁入り道具にするのだという話が、まことしやかに伝えられていたが、こんな話が実現したことを聞いたことがない。第一、庭といっても狭い上に、じめじめとして陽が当たらなかったから、桐でタンスが作れるほど、大木になるはずもなかったのだ。

考えてみると、私の長屋暮らしは、戦前、戦中、戦後と続き、私が長屋暮らしをやめたのは、二十七、八歳の時だった。

もちろん、貧乏暮らしで、母はいつも内職をしていた。円い卓袱台の真ん中に、円形の金属棒が突き刺さっていた。食事が終わると、すぐ、母は内職の針金と小さな造花を持ち出す。針金を金属棒に巻きつけながら、小さな造花を、はさんでいく。桜の枝ができあがるのだ。

父は、栃木県の田舎から出てきて、菓子職人になるために、日本橋で修業したというが、私が知っている父は、自宅近くの小さな工場で働いていた。女にだらしなくて、家にいないことが多かった。

文化盛況のころ

一九三〇（昭和五）年には、大きな事件が二つ起きている。その後の日本に大きな影響を与える事件である。

一つは、民間右翼の北一輝（きたいっき）（＊2）が唱えた「統帥権干犯（とうすいけんかんぱん）（問題）」である。

陸軍参謀本部と、海軍軍令部（戦時中は両者で作るのが大本営）は、天皇直属である。従って、両者が賛成しない条約を勝手に結ぶことは、総理大臣といえども許されない。天皇の持つ統帥権に対する違反、統帥権干犯だというのである。

もう一つの事件は、浜口雄幸首相が、東京駅で民間の右翼に狙撃され重傷を負ったことである。即死ではなかったが、テロの季節の始まりだった。

しかし、昭和五年が全く暗い時代ではなかった。まるでその反動のように、賑（にぎ）やかな世相でもあった。この頃（ころ）の流行語は、ルンペン（インテリルンペンともいう）、銀ブラ、エログロナンセンスで、若者の間にジャズが流行し、モボ、モガ

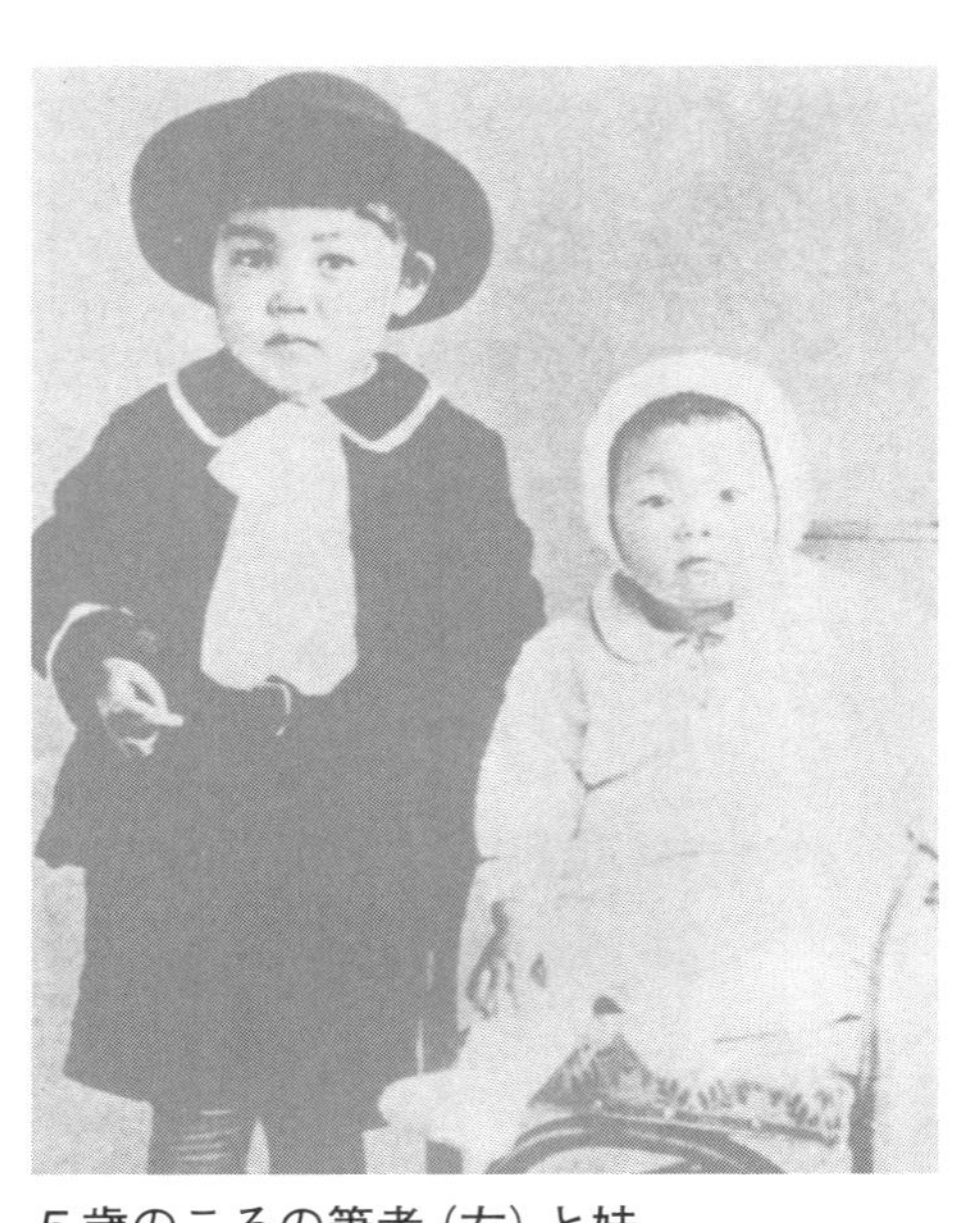
５歳のころの筆者（左）と妹

（モダンボーイ、モダンガール）と称して、奇抜な格好をした若い男女が銀座をかっぽした。
その一方で、労働者を主人公にしたプロレタリア文学も流行し、小林多喜二（＊３）、徳永直（＊４）、平林たい子（＊５）たちが生まれた。
もちろん、テレビは生まれていないから、映画全盛で、日本映画では、傾向映画（＊６）という言葉が生まれ、代表作として「生ける人形」とか「何が彼女をさうさせたか」が、発表された。外国映画では「西部戦線異状なし」「巴里の屋根の下」「黄金時代」「嘆きの天使」などが、評判だった。
私は、体が弱く、いつも病気をしていた。当時は、数え年で、うちにはカメラがなかったが、五歳の時、三歳の妹と七五三の写真を撮っている。

カメラの持ち主は少なかったが、近所にたいてい写真館が一軒あって、何か祝い事があると、記念写真を撮っていた。

数え八歳で、小山小学校に入学した。勉強はできて一年生から副級長になったが、体操は苦手だった。

＊2　北一輝
一八八三〜一九三七年。国家主義運動の理論的指導者。一九一一年に中国にわたり辛亥革命を支援。一九一九年に執筆した「国家改造案原理大綱」は国家主義運動の経典となる。帰国後は右翼の黒幕的存在となり、一九三六年の二・二六事件で逮捕、翌年に死刑判決を受け銃殺。

＊3　小林多喜二
一九〇三〜一九三三年。文学者、社会運動家。一九二八年に三・一五事件を題材にした「一九二八年三月十五日」で注目を集め、その翌年に書いた蟹漁の大型船で酷使される貧しい労働者の群像劇「蟹工船」は左翼文学を代表する作品となる。その後、勤務していた北海道拓殖銀行を解雇され、日本共産党員として活動する中、一九三三年に特高警察に逮捕、拷問により虐殺された。

＊4　**徳永直**

一八九九〜一九五八年。文学者。勤務先だった共同印刷の労働争議に参加し解雇され、その経験を題材として一九二九年に「太陽のない街」を発表し、プロレタリア作家として注目を集める。警察当局から弾圧を受けていた小林多喜二の「党生活者」の伏字のない校正刷りを戦後まで保管、完全版の刊行にも協力した。

＊5　**平林たい子**

一九〇五〜一九七二年。文学者。社会運動家。満州などを放浪し一九二四年に帰国、その後、アナーキストたちとの交流を得て、小説の発表を始める。一九二七年に「施療室にて」で新進プロレタリア作家として認められる。第二次世界大戦後から反共的姿勢を強めていった。

＊6　**傾向映画**

一九二九〜一九三一年頃の経済や社会情勢を反映して作られた左翼的思想の映画。階級社会への批判や暴露を主題としたものが多い。「生ける人形」（内田吐夢　以下カッコ内は監督）、「都会交響楽」（溝口健二）、「何が彼女をさうさせたか」（藤森成吉）など。国家による検閲などによって衰退。

満州国設立

一九三一（昭和六）年には、満州事変があって、石原莞爾（かんじ）（＊7）たちによって、満州国ができあがった。

当時、陸軍の天才といわれた石原莞爾や、永田鉄山（＊8）は「第二次大戦が起き、日本が巻き込まれた場合、総力戦になる。そうなると、資源の乏しい日本が、勝つのは難しい。勝つ方法は、満蒙（まんもう）の資源の獲得である。そのために、満州と蒙国を占領しておく必要がある」と考えた。最初は植民地にするつもりだったが、途中からは独立国として認めようとした。

国民も、それに賛成したが、将来の戦争のためではなかった。ひたすら、不景気からの脱出のための満州国だった。特に、農村の過剰人口のはけ口としての満州国だった。

「満州の新天地を目指せ」が、国民の合言葉になった。満州を歌う歌謡曲が作られていく。三八（昭和十三）年に作られた「満州娘」は、今も、私は憶（おぼ）えている。誰も、満州国を作ったことを、悪いと思っていなかったし、石原莞爾は英雄だった。

その頃、父が、三カ月ほど、行方不明になったことがあった。てっきり、他の女の所に行ったに違いないと、親戚が集まって、離婚の相談になったが、その時、突然、父が帰って来た。実は、満州国へ行って、一旗揚げようと努力したが、うまくいかず、戻ってきたと話した。とたんに、父は英雄になり、親戚じゅうが、満州の話を聞きたがり、離婚話は、けし飛んでしまった。

三七（昭和十二）年になると、とうとう日中戦争が始まったが、私たち子供の世界には何の影響もなかった。

中国と戦争をやっているのだという実感は、全くもたずに遊んでいた。私は、体操はからきしだめだったが、手先は器用だったから、ベイゴマと、メンコに強かった。

母は相変わらず内職で、父も相変わらず、チャランポランだったから、私は小遣いを貰（もら）えず、ベイゴマとメンコで小遣いを稼いだ。近くに、原っぱがあって

(たいていどこかに小さな原っぱがあった)、そこに集まって、勝負である。

＊7　**石原莞爾**
一八八九〜一九四九年。陸軍軍人。一九二八年に関東軍参謀就任、一九三一年に満州事変を引き起こし、満州国設立を主導。参謀本部作戦課長、戦争指導課長として「世界最終戦争論」に基づいた軍事政策を立案。日中戦争の拡大に反対し東条英機と対立。その後、東亜聯盟運動(国防の共同、経済の一体化などを条件に日本・中国・満州国が手を結ぼうという趣旨)に力を注いだ。

＊8　**永田鉄山**
一八八四〜一九三五年。陸軍軍人。欧州に滞在し国家総動員を研究。陸軍改革を標榜する。陸軍省整備局初代動員課長、軍務局軍事課長などを経て軍務局長。統制派の中心人物として手腕を振るったが、執務中に皇道派(天皇親政下での国家改造を目指す)の相沢三郎中佐に殺害された。

ベイゴマ

ベイゴマは、バケツに、布か、ゴザをかぶせて、ベイゴマを戦わせる。相手のベイゴマを弾き飛ばすか、ひっくり返せば、手に入る。それを売るのである。駄菓子屋では、一つ二銭で売っていたから、こっちは一つ一銭で売った。ただし、強いベイゴマは売らなかった。強いベイゴマにするために、苦心もした。コンクリートの壁にこすって、高さを低くした。重くするために近くの町工場の工員さんに頼んで、真ん中に小さな穴をあけて貰い、そこに鉛を詰めたりした。

メンコは、安い丸メンはやらなかった。写真メンというのがあって、短冊形で、力士や映画俳優の写真が貼ってあった。それも、一枚ずつで勝負せず、百枚二百枚を一度に賭けるのである。勝負師らしく、一枚、二枚と数えることはしない。どんと積み重ねて、高さが同じならオーケーで、あとは一枚の写真メンで勝負し、勝てば全部手に入る。しかし、写真メンの勝負は、あまりやらなかった。写真メ

戦後も子どもたちの人気が続いたベイゴマ

ンといっても、厚手の紙に写真が貼ってあるだけなので、破けたり、汚れたりして、売れなくなるからである。

　そんなわけで、小学校から帰ると、私は、すぐ、ベイゴマを箱に入れて、原っぱに出かけるのが、日課だった。時には、早く行き過ぎて、「まだ誰も来てないよ」と、近所のオバサンに笑われたこともあった。

　一番苦労したのは、ベイゴマを回す紐だった。適当な長さで、太さも、弾力も適当でないと、コマを強く長く回すことができない。いろいろ試した末に、一番いいと思ったのは、副級長の飾りだった。

級長、副級長の飾りは、色の違う紐を

あんで、桜の形を作り、それを胸につけていたのだが、長さといい、太さ、弾力も、ベイゴマの紐にぴったりだった。どうしても欲しくて、私は、副級長の紐を失くしてしまったと嘘をつき、もう一本貰った。それを、ずっと、ベイゴマに使っていた。学校に嘘をついたのは、悪かったと今も思っている。

そんな具合で、小学校時代、他の遊びをした思い出は、ほとんど無いのだが、一つあるとすれば、トンボとりである。

ガキ大将

当時、小学校には、高等小学校制度というものがあった。商人の子は、中学校へ行く必要はないという考えがあった。そのため、中学校に進学しない生徒のために、小学六年の上に、二年間の教育を受けさせる。これが高等小学校である。

面白いことに中学に進む子はたいてい、電車やバスで、地元を離れた地区へ行くことになり、地元の子と遊ばなくなるので、地元の小学校を卒業する高等小学校の生徒が、自然にガキ大将になる。私たちの町内でも、高等小学校卒業の子、踏切の向こうのゲタ屋の息子がガキ大将だった。

彼は、トンボとりが好きだったので、私たちのグループは遊びといえば、トンボとりだった。網でとるのではなくて、鳥もちを使うやり方だった。竹竿（たけざお）に鳥もちを塗って、とるのである。

もう一つ、このガキ大将は、自分の行動範囲を、決めていた。

西は、洗足池(せんぞくいけ)を通って田園調布まで、北は東急目蒲線（今の目黒線）の不動前まで、東は、星講堂（今の星薬科大学本館）までと、決めていた。理由はわからないのだが、ガキ大将が、それ以上先には行かないので、私たちのグループの行動範囲も、そこまでに決まってしまった。

洗足池公園

その頃、私は、小学三、四年生だった。両親は、仲が悪いのに、なぜか、子供が次々に生まれた。最初の妹は、生まれて二年後に病死したため、少し離れて、妹、弟、弟と生まれた。そのため私は、生まれたばかりの赤ちゃんの子守をさせられた。ガキ大将にひきいられて、七、八人で、トンボとりに行く時も、私はへこ帯（＊9）で、赤ん坊を背中にくくりつけられた格好で行くことが多かった。

当時は、四、五人のきょうだいは珍しくなくて、兄なり姉が、赤ん坊をおぶって遊ぶ姿も珍しくなかったから、私も別に、恥ずかしくも、つらくもなかった。トンボとりの原っぱや、川原に着くと、おぶってきた赤ん坊を、雑草の上や、畑の上のところに寝かせてから、トンボとりである。

当時、鳥もちも使わずにつかまえるのが、はやっていた。難しいが、カッコ良かったのだ。

＊9　へこ帯
男性の和装に使用する帯。やわらかい生地で作られ、他の帯に比べて幅が広い。「兵児帯」と書く。「兵児」とは鹿児島地方の言葉で青年男性を指す。

トンボとり

狙うのはもちろん、一番大きなオニヤンマである。私たちは銀色のオニヤンマをオス、ひと回り小さい茶色ヤンマはメスと勝手に決めていた。まず、メスの茶色ヤンマを捕まえると、その胴に糸をくくりつけ、糸の反対部分に重りの小石をくくりつける。銀色のオニヤンマを見つけると、そのオニヤンマに、ぶつけるのだ。一メートルの糸で、茶色ヤンマと、小石を結んだものが、不規則にゆれながら落ちてくる。銀色のオニヤンマは、落ちていくメスを追いかけて糸が絡めば、ゲットできる。

しかし、なかなか、理屈通りに、オニヤンマは捕まらないのだ。今でも、私は、理屈は正しかったが、難しい方法だったのだと思っているのだが、ひょっとすると銀色のオニヤンマがオスで、茶色のヤンマがメスだという考えが、間違っていたのかもしれない。

トンボとりが終わって帰る時も、大変だった。私は、十歳前後で、小さいから、寝かしている赤ん坊をおぶるのが難しい。どうしても、仲間の力を借りなければならなかった。一番力のあるガキ大将が、力を貸してくれれば、簡単だったが、なぜか、一度も手伝ってくれたことはなかった。彼は、当時としては珍しく、一人っ子だったから、きょうだいの子守をするということが、わからなかったのかもしれない。

日中戦争（＊10）は、始まっていたが、戦争が子供の世界に影響することはなかった。というより私たちは、戦争のことは考えなかったといったほうがいい。

爆撃もないし、戦場は遠かった。その上、戦えば、日本軍勝利である。首都南京占領、武漢三鎮攻略、重慶渡洋爆撃。いつもニュースは、勝利で、敵は、戦わずに逃走である。

そのたびに、提灯行列、万歳である。

しかし、今になれば、実状は違っていたらしい。

連戦連勝でも、一年に、何千人もの日本軍の兵士が死んでいたし、莫大な軍事費が、使われていたのである。その不足をおぎなうために、陸軍は民間人を使って、アヘンのビジネスにまで手を出していた。

＊10　**日中戦争**

一九三七年の盧溝橋事件（北京郊外の盧溝橋での日中両軍の小衝突）を発端として、日本軍が北京・天津地方を制圧。その翌月に上海で海軍陸戦隊の大山勇夫中尉が殺害されたことから日本軍は上海への出兵を決定し、全面戦争に突入した。一九四五年八月の日本の降伏で終わった。

戦争観

日本軍が攻撃すれば、中国軍は逃げた。戦後になって、兵士のひとりは、「中国軍は、逃げる。いや、逃げてくれるんです」と、告白している。

逃げるが、降伏しないのだ。

目的があって、逃げていたのである。それは、日本軍を広大な中国大陸に引き込むことだった。

百万の日本軍も、中国大陸に拡散してしまえば、当然、一平方キロメートルに、数人になってしまう。当然である。守り切れず後退すると、中国軍が追いかけてくる。

旧日本軍のある師団長が、「われわれは、アメリカには敗けたが、中国には、絶対、敗けてはいない」と、主張する声があった。

確かに、中国での戦いで、はっきりした敗北は、一、二回しかない。あとは、

日中戦争終了後、中国共産党の毛沢東（左）と乾杯する蒋介石・国民政府主席

日本軍の勝利だから、その師団長の主張は、もっともなのだ。

ただ、それは、師団長の考える戦争観によるとなのだ。

中国軍の、蒋介石（＊11）の戦争観は違っていた。とにかく、逃げ回ってもいい。日本の大軍を、中国大陸に釘付けにしておけば、勝利なのだ。蒋介石の思惑通り、太平洋戦争（＊12）が終わるまで、日本軍六十万から百万の大軍は、中国大陸に釘付けにされて、アメリカとの戦いに使用できなかったのだ。

蒋介石の戦争観から見れば、完全な勝利だったのである。

日本は、片腕を縛られた形で、大国アメリカと戦ったわけで、勝てるはずがなかったのである。

それなら、どうすべきだったのか？　答えは簡単である。陸軍のお偉方が、全てを国民に説明すればよかったのである。

国民だって、事実を知れば、中国から手を引くべきだとわかるはずなのだ。少なくとも、中国と戦いながら、アメリカとも戦うのは、やめろという空気になったはずである。

もちろん、そんなことは、今だから考えられることで、あの頃の私は、中国では、勝って、勝ってと思い、「日米戦えば」といった本を読んで喜んでいたのである。

＊11　蒋介石
一八八七〜一九七五年。中国国民党と国民政府の最高指導者。一九〇七年に日本留学。一九一一年の辛亥革命を機に帰国。その後、孫文に認められるが、中国国民党内に反共の機運が生じて以後、反共に転向。一九二七年のクーデターによって南京国民政府を成立させ、国民党と共産党の分裂をもたらした。日本軍による侵略激化によって国共一致で抗日を宣言。日中戦争勃発後に国民党総裁、国民政府総統に就任するが、共産党との内戦に敗れ台湾に移る。台湾総統に就任し、アメリカの支援の下、経済発展を実現。

＊12　**太平洋戦争**

中国や東南アジアへ進軍した日本と、それに反対したアメリカ・イギリスなどの対立がきっかけとなって起きた戦争。一九四一年十二月八日の日本軍によるハワイの真珠湾攻撃から始まった。当初は日本優勢だったが次第に連合軍側が優位に。一九四五年にアメリカによる広島と長崎への原爆投下とソ連の参戦によって日本がポツダム宣言を受諾、無条件降伏した。当時の日本では日本・中国・満州国を起点とする大東亜共栄圏確立を掲げていたため、大東亜戦争と呼称された。

第二章

「歓戦」が「厭戦」に変わる時

～戦時下の生活者たち～

日米開戦

一九四一（昭和十六）年、私は小学五年生になっていた。

相変わらず、戦争と自分とは関係ないという感じで、学校から帰ると、ベイゴマを持って、原っぱに行っていた。

その年の十二月八日。この日、どこかに、学年で、遠足に行っていたと思う。特別な日になるとは、全く思っていなかった。

遠足から帰った時、すでに周囲は、暗くなっていた。

それでも、アメリカとの戦争が始まったとは気付かなかった。

家の近くまで来て、家々の窓が暗いことに気がついた。

（灯火管制〈＊1〉だ）と、気付いた。

家に入ると、父は、まだ帰っていなかった。母は、おおいをかぶせた電球の下で、いつもの内職をしていた。

妹は、奥で寝ていた。

ラジオだけが、繰り返し、戦争を告げていた。

「大本営陸海軍部発表『帝国陸海軍は、本八日未明、西太平洋において、米英軍と戦闘状態に入れり』」

このあと、次々に、緒戦の戦果が発表されていく。

「マレー半島の奇襲敵前上陸作戦を敢行」

「ハワイ方面の米艦隊ならびに航空兵力に対する大奇襲作戦の成功」

「上海における英砲艦ペテレル号撃沈、米砲艦ウェーク号の捕獲」

「シンガポール、ダヴァオ、ウエーク、グアム、ミッドウエーなどの敵軍事施設の爆撃」

目まいのするような大戦果だった。それが繰り返し、発表される。

「すげェー」と、私は、声に出していた。

「すげェよ。すげえな」

繰り返しながら、私は、母を見た。

母は、黙って、内職を続けている。それを見ているうちに、私はだんだん、いらいらしてきた。

「母さん。嬉しくないのかよ」

＊1　**灯火管制**
戦時における夜間に襲来する敵機に対して、爆撃の目標になりやすい電灯やあかりを規制するために敷かれた。

軍国少年と母

私の言葉が聞こえなかったみたいに、黙って、内職を続けている。私は、そんな母が憎らしくなってきた。ベイゴマ好きの子供から、軍国少年になっていた。だから、自分と一緒に、万歳をしない母が、非国民に見えてきた。

「何考えてんだよ。戦争だよ。アメリカを、やっつけたんだよ」

私は、叫んだ。

「何したらいいんだろうねえ？」

それが、やっと、母の口を出た言葉だった。

私は、拍子抜けしてしまった。

（これじゃあ、とても、軍国の母にはなれないな）

情けなかった。

「もういいよ」

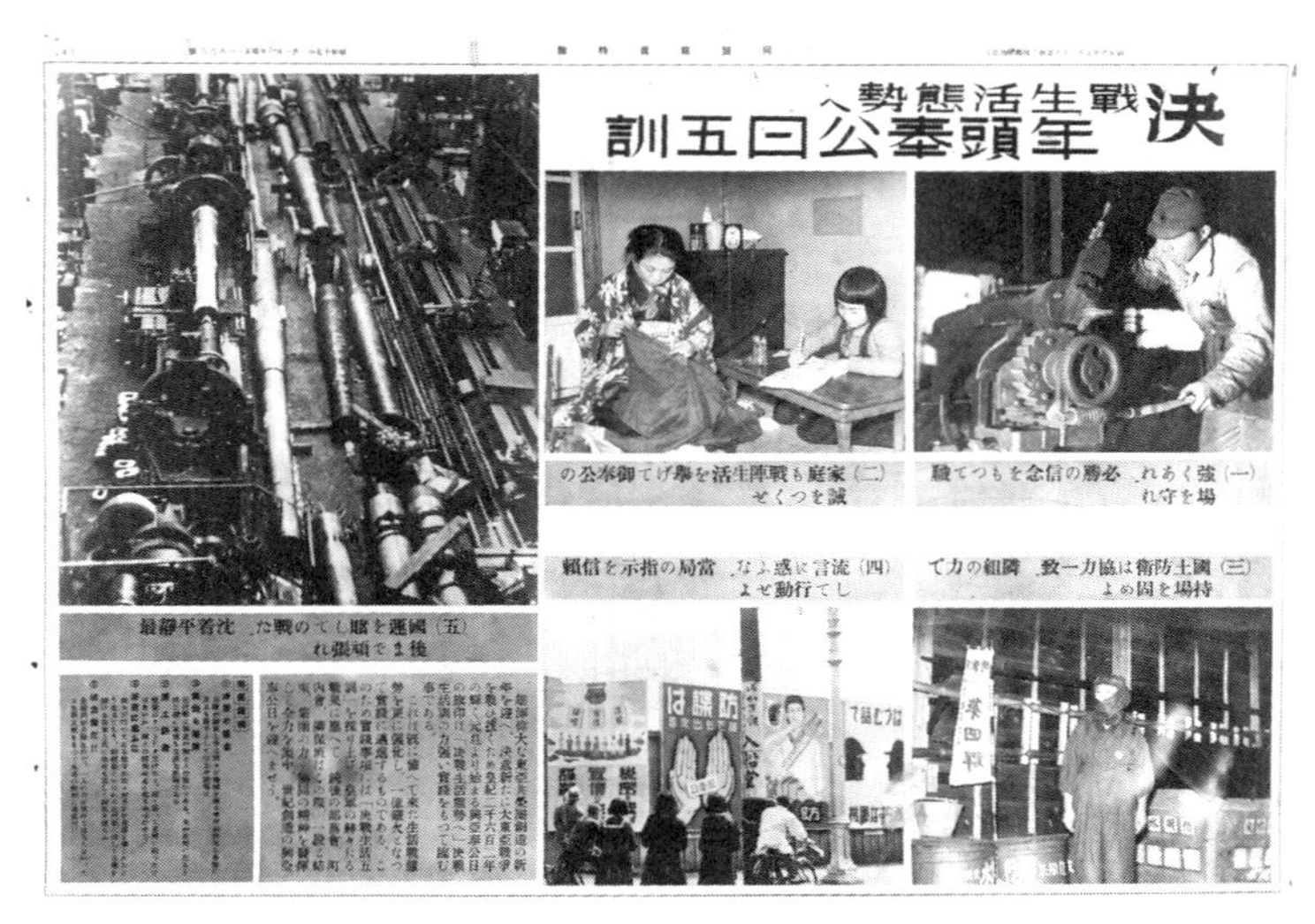

決戰生活態勢へ
年頭奉公五訓

(一)強くあれ、必勝の信念をもつて職場を守れ

(二)家庭も戰陣生活を擧げて御奉公の誠をつくせ

(三)國土防衛は協力一致、隣組の力て持場を固めよ

(四)流言に惑ふな、當局の指示を信頼して行動せよ

(五)國運を賭しての戰だ、沈着平靜最後まで頑張れ

「強くあれ、必勝の信念を持って職場を守れ」など五訓を呼びかける国策広報誌「同盟写真特報」

と、私は、いった。自分に、いい聞かせた。

「もう、ベイゴマは、やめよう」

私は、自分に、いい聞かせた。そのあと、ラジオを聞きながら、自分が出来ることを、必死で考えていた。

父が、工場から帰ってきた。

小さな工場で働いたのが、今は、大きな軍需工場で働くようになっていた。軍の双眼鏡を作る工場で、レンズを研磨する仕事をやるようになっていた。

酔っぱらっていた。

アメリカとの戦争が始まって、ハワイや、マレー半島で大勝したので、会社から、酒が出て、酔っぱらったのだという。

「もっと飲みたい。酒ないか」

　と、父は、座り込んで母にいう。

「ありませんよ」

　母がいうと、父は、腹を立てて、

「なんで、こんなに暗いんだ」

　電球にかぶせてある黒い布を、叩き落とした。

「駄目ですよ。組合長さんに叱られますよ」

「組合長が、何だ？　あんな奴のいうことなんか聞くな！」

　酔っぱらっている父は、大声を出す。

　この頃、政府の命令で、隣組が作られ、強化されていた。回覧板が、しきりに回ってきて、上は、政府の方針から、下は、ゴミの処理まで伝えてくる。

　その隣組の組合長は、町内にある小さな柔道場のおやじだった。何かというと、命令調で話すので、人気はなかった。

　その組合長の大声が聞こえた。

隣組

「矢島さーん。明かりが洩れてるよ。駄目だよ。協力しないと、非国民だよ」

「すいませーん」

と、母は、声を張りあげて、裸電球に、黒い布をかぶせようとするが、あわてているので、うまくいかない。

その中に、がらッと玄関をあけて、組合長が、うちを、のぞき込んだ。

大声で、わざと、近所に聞こえるように、怒鳴るのだ。

「矢島さーん。明かりが洩れてるのは、ここだけだよ。これが本当の空爆だったら、矢島さんのせいで、うちの町内は、全滅だよ」

「すいません」

母が、何度も頭を下げる。

私は、父を見た。さっき組合長の悪口を見ていたから何かいってくれるかと期

防火衣姿も勇ましい隣組の婦人たち

待したのだが、完全に裏切られてしまった。

「すいません。すいません」

と、ぺこぺこと、頭を下げているのだ。

そんな父に、組合長は、狙いをつけてきた。

「矢島さん。こんなことをいいたくないが、仕事が無くて困ってるあんたを、今のS光機に世話したのは、わたしだよ。社長にも、工場長にも、わたしは、何度もお願いした。わたしのためにも、もっと、しっかりしてくれなきゃ困るよ。わたしの顔に、泥を塗ることだけはしないで下さいよ」

ねちねちと、嫌味(いやみ)をいう。それに対して、父は、ひたすら、頭を下げて、すいませんと、繰り返している。

女性にだらしのない父のことは、最初から嫌いだったが、小型の東条英機（*2）みたいな組合長に、ひたすら頭を下げている父を見て、軽蔑する気持ちになった。

朝を迎えると、日本中が祝賀ムードになった。

新聞は、号外を出して、開戦と、大戦果を伝えたが、勝利の報道が、次々に、発表されていく。

私は、不思議な気持ちで、大人たちの興奮を眺めていた。

＊2　東条英機
一八八四～一九四八年。陸軍軍人、政治家。関東軍参謀長、陸軍次官、航空総監兼航空本部長を経て、近衛文麿内閣の陸相で入閣（第二次、第三次）。一九四一年に首相就任（陸相、内相を兼任）。対米英戦での初期の作戦成功を背景に翼賛選挙を行い、独裁的な戦時体制を強化。参謀総長を兼務したが戦況悪化に伴って内部批判が高まり、内閣総辞職。敗戦後、自殺を図るが失敗。極東軍事裁判でA級戦犯として絞首刑となった。

スローガン

今までも、中国との戦争を、五年近くも続けてきているのだ。いつも勝利の報道なのに、大人たちは、あまり嬉しそうではなかった。日中戦争の目的は、「膺懲（ようちょう）」だった。難しい字だが、中国が言うことを聞かないので、こらしめるのだと教えられた。しかし、こらしめるための戦いで、日本が連戦連勝では、相手が弱すぎて、こらしめるのを通り越して、弱い者いじめみたいで、本心で喜べなかった。そんな気持ちで、すっきりしなかったんだと思う。

今度は、大国アメリカである。その上、「膺懲」みたいなよくわからない言葉ではなく今回の戦争目的は、自存自衛、アジアの解放である。

このアジアの解放は、とにかく、わかりやすいし、強きをくじき、弱きを助けるという日本人の好きなフレーズに、ぴったりするのだ。

しかも、開戦するや、日本軍が、フィリピン、マレー半島、シンガポール、ビ

巨人の沢村栄治投手

ルマ、インドネシアと欧米の植民地を次々に解放していく。

日本中が、歓声をあげるのは当然だった。絵に描いたような植民地解放戦争だからだ。日本人にしてみれば、世界中に自慢できるし、独立を渇望する人々からは、歓迎されるからだ。

この太平洋戦争で、唯一の問題は、敵のアメリカ人が、よくわからず、心から憎めないことだった。

奇妙な事態だった。

日本人が、アメリカ人がよくわからない。不思議な戦争だった。

「西欧勢力からのアジアの解放」の言葉に酔っているのに、肝心な敵アメリカがよくわからないのである。

それどころか、今回の戦争の始まるまで、日本はアメリカが好きだったのだ。

日本人はアメリカ人と、アメリカ文化が好きだったのである。

日露戦争（＊3）の時、講和に動いてくれたのは、アメリカ大統領だった。戦費を調達するために公債を買ってくれた。

一九三四（昭和九）年にアメリカ大リーグのベーブ・ルース（＊4）たちがやって来た時、大歓迎して、沢村栄治（＊5）というヒーローが、生まれたのだ。

アメリカ人の生活にも憧れたし、ジャズにも酔いしれた。

＊3　日露戦争
満州及び朝鮮の支配権をめぐる日本とロシアの間の戦争。一九〇四年二月に宣戦布告。日本は旅順、奉天、日本海海戦などで勝利を収めたが、米英仏独など列強の帝国主義的対立もある中、戦闘継続は限界に達し、一方のロシアも敗退及び国内の騒乱もあり戦争終結を望むようになった。一九〇五年九月にアメリカ大統領のルーズベルトの仲介によりイギリス南部の都市・ポーツマスで講和条約を締結。

＊4　ベーブ・ルース

一八九五〜一九四八年。アメリカの野球選手。本名はジョージ・ハーマン・ルース。投手としてボストン・レッドソックスに入団、その後、打者に転向しニューヨーク・ヤンキースに移籍。のちにボストン・ブレーブスに移籍し、助監督を務め一九三五年に現役引退。通算本塁打数は七一四本。

＊5　沢村栄治

一九一七〜一九四四年。一九三四年に弱冠十七歳にして日米野球に登板、ベーブ・ルースやルー・ゲーリッグらを打ち取る。一九三六年に東京ジャイアンツ（一九五〇年から読売ジャイアンツ）に入団、投手として通算一〇五試合に登板、五五四奪三振、防御率一・七四。一九三八年に日中戦争に出征し肩を痛める。翌年帰還し球界に復帰。一九四一年に再び召集されフィリピン・ミンダナオ島へ出征するが一九四三年に帰還。肩の怪我のためオーバースローからサイドスローに転向する。一九四四年に再び出征、フィリピンへ向かう途中でアメリカ海軍潜水艦に撃沈され、屋久島沖西方で戦死。

覆る親米感情

軍の上層部、特に陸軍は、国民に、アメリカ、アメリカ軍を憎悪させるのに苦労するという奇妙な事態が生まれた。

陸軍参謀本部の辻政信（＊6）は、わざわざ

「これだけ読めば戦は勝てる」

と、いうパンフレットを作って、部隊に配布した。

これが、ひどいもので、「アメリカ人は、ぜいたく三昧（ざんまい）で、辛（つら）いことに我慢できない。いつも、女を追いかけて、酔っ払っているから、戦争になれば、すぐ手をあげる」といったものだった。頭の切れる辻参謀も、アメリカ人、アメリカ兵がよくわからず、よくマンガに描かれているのがアメリカ人だと思っているのだ。

困って、「鬼畜米英」とか、「アメ公」という言葉を作り、新聞などが、乱発した。

しかし、これも、正直ぴんと来なかった。「鬼畜」というと、強そうと見えてしまうし、「アメ公」では、「辰公」とか「ヒデ公」と同じで、愛称になってしまう。

結局、太平洋戦争の三年八カ月を通じて、アメリカ人、アメリカ兵をバカにする蔑称（べっしょう）は見つからなかったのだ。

それにしても、戦争そのものは、ひどいものだった。

特に、末期のＢ29の爆撃は、ひどかった。一九四五（昭和二十）年の三月十日と、五月二十五日の無差別爆撃で、東京は、廃墟（はいきょ）と化したし、広島と長崎の原爆（＊7）では一瞬に何万人もが死亡し、今も後遺症に苦しんでいる人がいる。

戦争末期、学徒出陣があって、大学生も召集されて、それが、あの雨中の行進の写真で残っているが、私たち中等生も、似たような目にあっているのである。四三（昭和十八）年六月に、勤労動員命令が発令されて、中等学校以上の生徒や学生を動員し、労働者として工場に配置されるようになった。

その頃（ころ）、私は、品川鮫洲（さめず）にある東京都立電機工業学校に入っていたが、近くの大崎の明電舎に配置されたのである。

＊6　辻正信

一九〇二～一九六八年。陸軍軍人、政治家。北支那軍参謀、関東軍参謀などを歴任。ノモンハン事件、ガダルカナル島の戦闘などを指導。敗戦時には第十八方面参謀としてタイにいたが、戦犯として拘束されることを回避するため地下に潜り、終戦三年後に帰国。潜行の日々を記した「潜行三千里」を出版。一九五二年に衆議院議員、一九五九年に参議院議員に当選。東南アジア旅行中に行方不明になり、死亡宣告が出された。

＊7　広島と長崎の原爆

広島と長崎の原爆：一九四五年八月六日午前八時十五分、広島市上空を飛行中のアメリカ軍のＢ29爆撃機「エノラ・ゲイ」からウラン型原子爆弾が投下され、爆心地から半径二キロの地域は焦土と化した。同年末までに約十四万人が死亡（推定）。同年八月九日午前十一時二分、同型機「ボックスカー」が長崎市上空からプルトニウム型原爆を投下。爆心地から半径一・五キロが壊滅状態、同年末までに約七万四千人が死亡（推定）。両市では爆撃の衝撃による上昇気流の発生などの影響で「黒い雨」が降ったとされる。

勤労動員

航空機や軍艦の製造は、熟練の技術が必要で、素人の学生では、まともな兵器は造れないという意見もあったらしい。

それでも、大量の労働者が徴兵されて、軍需工場は、深刻な労働不足だったから、未熟な労働力でも、仕方ないとしたのだろう。

しかし、実際に、私たちが、軍需工場に行っても、何の役にも立たなかった。

私たちにやらされたのは、工場内の掃除だった。当然だった。素人の少年に、旋盤(せんばん)や、ボーリング盤を、いじらせてくれるはずがないのである。

多分、邪魔でしかなかったと思う。

私たち自身も、半分、遊びの気持ちだった。

女学生の生徒も、動員されて、工場に来ていたから、その方が、気になった。

戦争が激化すると、男女のというより、少年少女のつき合いは、厳禁されていた。話をするのも禁止だった。

それが、工場に行くと、団体で、女学生がいるのだ。もちろん、声をかけるのも禁止だが、楽しくて、私たちは、つい、ニヤついてしまった。

今から考えると、あの政策は、完全に失敗だったと思う。私たちは、何の役にも立たなかったし、労働者たちも、私たちは、特に、女学生が来たことで、明らかに、仕事がおろそかになっていた。

名古屋の三菱発動機工場で働く勤労動員の学徒（愛知県、昭和初期～20年）

手を休めて、女学生との会話を楽しんでいた。

それに、制空権と制海権を、アメリカに握られて、東南アジアから、ボーキサイト（＊8）や石油（重油）や、ゴムなどが、本土に届くのが難しくなっていたから、工場へ回って来なくなっていた。

そうなると、ベルトコンベヤーも動かなくなる。

もう一つの問題は、今まで工場の十二時間以上の就業を禁止していたのを、撤廃されたことがある。今までも、聖戦の旗の下、十二時間を超える残業が多くの工場で、実施されていたが、これからは、おおっぴらに、残業が命令できるようになったのである。これも、ほとんど効果がないように、私には見えた。材料のアルミニウムや、銅線が来なくては、徹夜を命じても、ただの時間つぶしだからだ。

＊8　**ボーキサイト**
金属アルミニウムの製造原料となる鉱物。

労働者が、何をしているかといえば、鉄板で、弁当箱を作って、女学生にプレゼントしているのだ。私たちには、作ってくれなかった。

何かが、おかしくなっている感じだった。

戦況悪化

翌一九四四（昭和十九）年になると、戦況は、ますます悪くなっていった。

一月七日、大本営が、インパール作戦（＊9）を開始したと発表した。インドまで攻め込むという景気のいい話だったが、一方で、太平洋では、玉砕が続いた。

クェゼリン島守備隊玉砕

ルオット島守備隊玉砕

私たちは、玉砕という言葉に、馴（な）れっこになっていった。最初は、勇ましい感じだったのが、あまりにも、玉砕が続くと、辛くなってくる。

そのためか、新聞には、「インパール作戦」と「中国戦線で、日本軍の大陸打通作戦」の記事が多くなった。

○四月六日

「インパールへの快進撃続く

第三一師団がインパール北方の拠点コヒマを奪取」

○四月十七日

「大陸打通作戦

五十万余の兵力を投入する大作戦」

○五月二十五日

「日本軍が洛陽を占領

至難の大陸打通作戦の前途に光芒(こうぼう)」

しかし、六月になると、戦況は、ますます悪化した。

六月六日に、連合軍は、フランスのノルマンディー沿岸に上陸した。誰が見ても、盟邦ドイツの旗色が悪くなったのである。

六月十六日、B29による初めての本土空襲があった。北九州に、中国大陸からB29四十七機が飛来した。十六日午前零時二十四分に空襲警報が発令され、しばらく後にＢ29により北九州に爆撃が行われた。市街地に投下された爆弾により、軍民合わせて数百人の被害が出た。

対して、日本軍は陸軍第四飛行戦隊と高射砲により、一機を撃墜、六機に損害を与えた。

これから、Ｂ29による本土爆撃が、始まるのである。

＊9　インパール作戦
一九四四年三〜七月にかけて、ビルマ（現・ミャンマー）を占領した日本軍が連合国軍から中国への物資補給を断つためにイギリス領インド・インパールの攻略を目論んだ作戦。日本軍はイギリス軍に惨敗を喫し、撤退の際には多くの日本兵が感染病や飢餓に倒れた。

玉砕続く

一九四四（昭和十九）年六月二十八日、ビアク島守備隊玉砕
七月七日、サイパン島守備隊玉砕
七月二十日、ヒトラー暗殺計画
七月二十一日、米軍グアム島上陸

そして、七月十八日、太平洋戦争を指導してきた東条英機内閣が総辞職し、その後、小磯国昭陸軍大将（＊10）を首相とした内閣が発足した。

国民には、この内閣が、どんな内閣かわからなかった。ただ、内閣が代わっても玉砕は続いた。

八月三日、テニアン島守備隊玉砕
八月十日、グアム島守備隊玉砕

七月初旬、すでにインパール作戦に中止命令が出ていた。このため、連動して

1943年10月21日、神宮外苑競技場で行われた出陣学徒壮行会

いた中国雲南省の二つの守備隊も危機に落ちて、

九月十日、雲南省拉孟(らもう)守備隊玉砕
九月十四日、雲南省騰越(とうえつ)守備隊玉砕

が、発表された。

こうなると、ラジオや新聞で、記事を見ても、感動も動揺もしなくなった。

逆に、自分のことを、考えるようになった。

この年の九月六日で、満十四歳だった。この時の正直な気持ちは、不思議なものだった。

戦争は勝てそうもないが、負けるとも思わなかった。ただ、延々と続くと思っていた。

不思議な気持ちだった。

勝ちも負けもしない、延々と続くというのだから、全く論理的ではなくなっている。しかし、殆どの十代が、そう思っていたのである。

ただ、個人的にこれからどうなるかは、わかっていた。

本土決戦になることは、決まっていたからである。それに、十七歳になれば、男子は、徴兵され軍隊に入ることは決まっていた。しかも十六歳でも、志願すれば、少年兵になれるのである。そのうちに、十六歳から、徴兵ということになってくるのは、わかっていた。本土決戦で、兵士が不足しているからである。

あと二年である。

＊10　小磯国昭
一八八〇〜一九五〇年。陸軍軍人、政治家。陸軍士官学校教官、参謀本部等に勤務。軍務局長、朝鮮軍司令官、陸軍大将等を歴任。その後、平沼騏一郎内閣に拓務相として初入閣。一九四二年に朝鮮総督、一九四四年に東条内閣辞任後のあとを受けて首相に就任。戦後、A級戦犯として極東国際軍事裁判で終身刑の判決。服役中に病没。

生活統制

この頃、私の周りでも、息の詰まるような変化が生まれていた。

一九四四（昭和十九）年の流行語大賞（大政翼賛会〈＊11〉と大手新聞社共催による発表）は

鬼畜米英

一億火の玉

の二つだった。

国民は、あまり口にしなかった。

当時、国民の間に流行（はや）っていたのは、「湖畔の宿」（＊12）の替え唄である。

「きのう召されたタコ八は
弾に当たって名誉の戦死
タコの遺骨はいつ帰る

骨がないので帰れない
タコの親たち可哀そう」

明らかに、厭戦歌である。

宝塚歌劇団は、決戦非常措置により宝塚大劇場と東京宝塚劇場が閉鎖された。劇団員は、移動隊を編成し、各基地への慰問公演を行うと発表されると、松竹歌劇団も、国際劇場が閉鎖され、女子挺身隊（＊13）を結成した。閉鎖された劇場は、一つは海軍が接収、一つは、陸軍が接収して、風船爆弾（＊14）の製造工場になり、挺身隊はその製造に当たることになった。

全国の新聞が、夕刊を廃止した。

東京、大阪、横浜、京都で、建物疎開。

国内旅行が制限され、一等車、寝台車、食堂車が、廃止された。

勤労奉仕挺身隊の女子の年齢を、十四歳以上二十五歳から、十二歳以上四十歳に変更すると発表。これにより小学校（国民学校の名前になっていた）を卒業した女子児童から工場や建築現場で働かせることができることになった。

中央公論、改造の二誌に廃刊が命じられた。

国民総武装が閣議で決定した。これにより女性をはじめ国民全員に戦闘訓練が義務化された。

元文部大臣の荒木貞夫（＊15）は、「日本本土に竹槍(たけやり)を三百万本配備すれば、本土防衛は可能」とぶちあげた。

これは、本気だろうと、私は思った。だが、常識で考えても、竹槍を持った女性など、邪魔なだけである。それでも、女性に竹槍を持たせて、自動小銃を持つアメリカ兵と戦わせるなど、狂気でしかない。

＊11　大政翼賛会
日中戦争の長期化に伴い、国民の画一的な組織化と戦争体制への動員が必要と考えた第二次近衛文麿内閣が一九四〇年に設立。国防国家体制の中心組織として位置づけられ、運営には多数決原理を廃止、ナチスの指導者原理にならい、当初は最終決定を党総裁が下す方式を取った。

＊12　湖畔の宿
一九四〇年に女優の高峰三枝子が歌った楽曲。作詞は佐藤惣之助、作曲は服部良一。

＊13　女子挺身隊

太平洋戦争後期の戦時下に作られた十四～二十五歳の未婚女性たちを勤労動員する組織。一九四四年から強制的になり、違反者には一年以下の懲役または千円以下の罰金が科せられた。

＊14　風船爆弾

太平洋戦争末期の日本軍が製作した爆撃兵器。アメリカ本土攻撃を目論み、焼夷弾（中に油を仕込み、地面に落ちると周囲を焼き尽くす爆弾）をつるした直径約十メートルの紙製の気球を偏西風にのせて飛ばした。一部はアメリカに到達し、山火事を起こしたり、死傷者を出した。

＊15　荒木貞夫

一八七七～一九六六年。陸軍軍人、政治家。憲兵司令官、陸軍大学校校長などを歴任。犬養毅内閣で陸相として初入閣、その後の斎藤実内閣でも留任。陸軍大将に就任したが二・二六事件後に予備役編入。第一次近衛内閣、平沼内閣では文相を務めた。戦後にA級戦犯として終身刑となるが仮釈放された。

第三章

軍国少年の隣には いつも死があった

～東京陸軍幼年学校にて～

将校を志す

私たち男子は、十六歳になれば、間違いなく、銃を持ってアメリカ兵と戦うことになるだろう。それ以外の将来は考えようがない。

もう一つ、初年兵の訓練の激しさは、誰もが知っていた。本やマンガで、私的制裁の激しさは誰もが知っている。死ぬのは仕方がないが、殴られるのは、ごめんだった。

私は考えた。

徴兵まで待って、初年兵で殴られるのは嫌だった。それなら、どうすればいいか。

エリート教育を受けて、将校になればいいのだと思った。殴られるより、殴る方に回ればいいのだ。

当時、海軍は海軍兵学校を受験する道があった。私の家の近くの金持ちの息子が、海軍兵学校に合格し、日曜日の休日に、わが町内にあいさつに帰宅したことがあった。

キラキラ光る短剣を提げ、ネービーグレーの制服を着て、カッコ良かった。

わが隣組の組合長は、それを見て、私たちにいった。「隣の組合がうらやましい。あんな立派な将校さんを出したんだからな。それに比べてうちの隣組は情けない。ひとりも将校さんがいないんだ」

その話で、私は、海軍兵学校を受験しようと思ったが、残念ながら、中等学校の五年を卒業しなければ、受験資格がないのである。

調べてみると、陸軍幼年学校（＊1）しかなかった。こちらは、中等学校一年で、受験できた。山中峯太郎（＊2）の「星の生徒」が、幼年学校の生活を紹介して、ベストセラーになっていた。

先輩に、東条英機や、石原莞爾がいた。

友人や、教師に内緒で、受験した。落ちた時みっともないし、うらやましがられるのが嫌だったからである。

幸運にも合格したが、その時、一番に思ったのは、これで、お腹（なか）を空（す）かせずにすむということだった。

＊1　**陸軍幼年学校**

日本陸軍が士官を志願する少年を教育した陸軍エリート養成機関。就学期間は三年、中学一年、二年修了者が受験資格を持つ。東京、広島、仙台、熊本、名古屋、大阪にあった。卒業生には東条英機、石原莞爾ほか。

＊2　**山中峯太郎**

一八八五〜一九六六年。小説家。陸軍大学校中退後、中国の革命運動に参加。帰国後、大衆小説、少年小説を執筆。大衆小説に「燃える星影」ほか、少年小説に「敵中横断三百里」ほか。

幼年学校合格

一九四四（昭和十九）年の少年にとって、最大の悩みは、お腹が空くことだった。

米の配給は、減らされて、米に代わって、サツマイモやカボチャ、乾燥イモが配給されるようになっていた。代用食である。

とにかく、みんなが、腹を空かしていた。当時の子供の写真は、みんな痩せている。

その点、軍隊の学校なら、食事は大丈夫だろうと思った。特に、将校を育てるエリート校である。

陸軍の力を感じたのは、義歯だった。私は、一本虫歯があって、四五（昭和二十）年四月一日の東京陸軍幼年学校の入学の時までに、治療しておくようにいわれていた。

当時、戦争のため、金銀の供出が命令されていた。政府の命令は絶対である。作家の永井荷風（＊3）は、協力するのが嫌で、煙管（きせる）の金の雁首（がんくび）と吸い口を、隅田川に投げ込んだという話が伝わっている。

従って、歯医者のところにも、金は無かった。義歯は、セトモノだった。陸軍省から知らせで、どこそこの歯医者へ行くように指示があって、行ってみると、必要な金が、用意されていて、私はセトモノではない金の義歯を入れることができた。

しかし、四五年を迎えると、戦局は、ますます厳しくなっていた。それでも、私は、四月一日の東京陸軍幼年学校の入学に、興奮していた。

三月十日、B29三百機が、東京の深川、本所、浅草などの下町の住宅密集地を爆撃、死者約八万三千人、被災家屋二十六万戸の被害を与えた。東京の東半分が、焼失してしまった。私の家は、荏原区（えばら）（今の品川区）にあったので、この日の被害はなかった。

人間は、勝手なもので、私は、東京の大被害のことより、いぜんとして、陸幼の入学の方に惹(ひ)かれていた。

三月十四日、大阪がB29二百七十機の空襲で、死者四千人。南区(現中央区)、浪速区がほぼ全焼したが、私の気持ちは、同じだった。

＊3　**永井荷風**

一八七九〜一九五九年。小説家。自然主義的作品を書いていたが、アメリカとフランスへの遊学を終えてからは耽美的な作風に変わる。その後、慶應大学教授に就任し「三田文学」を創刊。江戸趣味を基調とした作品を書く。著書に「地獄の花」「あめりか物語」「ふらんす物語」「濹東綺譚」「新橋夜話」ほか。

幼年学校入学

一九四五（昭和二十）年三月十七日、硫黄島で、栗林忠道中将（＊4）が、最後の突撃を命じて戦死。

三月二十六日、アメリカ軍が、沖縄の列島に上陸。

前年の四四（昭和十九）年の十月、レイテ決戦で、初めて、海軍の神風特別攻撃隊が、出撃したが、昭和二十年になっても、特攻の出撃は続いた。

三月二十一日には、海軍の初のロケット兵器桜花が、一式陸攻に懸吊（けんちょう）されて出撃、アメリカ機動部隊を攻撃した。

そんな情勢の中で、四月一日、私は、父と一緒に、東京陸軍幼年学校に入校した。

やたらに寒い日だった。

京王線の終点、東八王子から、歩いて行った。

高い塀に囲まれていた。尋常ではない高さの塀は、一般社会と幼年学校を、隔離しているように見えた。

私は、校門を通って、異空間に入った。

十万坪の広大な異空間である。

私たちの住んでいる町は、日中戦争と、それに続く太平洋戦争で、ズタズタにされていた。

空爆や、機銃掃射で、傷つき、建物疎開で破壊され、食糧の少なさと、人々の心のすさみで、である。

それなのに、この東幼の空間は、いったい何なのだろう。

十万坪の中に、兵舎（生徒舎）が並び、校舎、病院、食堂、体育館、整然と並ぶ半地下の倉庫、全てが、何年も前から、そこに建っている感じだった。

B29の爆撃は無かったのだろうか。艦載機による機銃掃射は無かったのだろうか。そんな疑問など受けつけないような重厚さで、そこに並んでいた。

私たちは、着ている服から下着のパンツ、靴や靴下まで、脱ぐように命じられ、与えられた服から下着、靴下、靴までを着るようにいわれた。

脱いだものは、ついて来た父親に、持ち帰らせるように指示された。

＊4　栗林忠道

一八九一〜一九四五年。陸軍軍人。北米駐在後、陸軍省軍務局馬政課長、参謀長等を歴任、第一〇九師団長となり、太平洋戦争末期の硫黄島作戦に参加。翌年、上陸してきたアメリカ軍との戦闘で戦死。

「国家の物」に

陸軍幼年学校の制服に着がえたあと、記念写真を撮った。

私たちだけで、付き添ってきた父親は、除外である。そして、私たち子供が脱いだものを持って、帰してしまう。

(この少年たちは、もう、親の持ち物ではなく、国家の物だということを、父親に示す儀式なのだ)

と、私は感じた。

校長は、父親たちに向かって、いったのだ。

「今から、皆さんの息子さんは、皆さんの息子ではありません。国家の宝、天皇陛下の赤子(せきし)として、ここ東京陸軍幼年学校で、育てられます。われわれが、ご子息を立派な将校に育てあげることをお約束します」

今度は、私たち全員に向かって、校長が、話し始めた。

陸軍幼年学校で同期と撮った集合写真。後列右端が筆者

「戦況は、苛酷(かこく)である。しかし、わが帝国が敗れることはない。なぜなら、戦争において負けると意識した時が、敗北なのである。その点、われわれ日本人は、世界で、もっとも、自尊心に優れ、精神の高みにある民族である。従って、われわれが敗北することは、あり得ない。戦い続けて、勝利する。その確信があるからこそ、君たち四十九期生は、昨年の四十八期生以上の人数を採用した。それはすなわち、日本帝国が勝利し、アメリカのワシントンで、彼らに城下の誓いをさせるために、必要だからである。このことを胸に秘めて、勉学と訓練にはげんで頂きたい」

その日から、一組二十人のグループに分けられ、そのグループを教え、かわいがってくれる三年生（模範生徒と呼ばれる）が紹介される。私たちの模範生徒は、熊本出身の島本さんだった。島本模範生徒が、これから一年間、私たち二十人の兄として、精神的に面倒を見てくれるのである。二十人を三組、合計六十人の生徒監も、紹介された。一般学校の担任の教師に当たり、林という中尉だった。

生徒監は、父と思えといわれた。

他に、二名の下士官が、生徒監を補佐する役で、この二人も紹介された。二人とも、中国戦線で、六年間戦った歴戦の兵士だった。

寄宿生活

この日から、私たちは、生徒舎の並んだベッドで眠ることになった。

朝は、午前六時。起床ラッパで起き、五分間で着がえをし、ベッドの整頓をすませ、洗面所で、洗面をすませて、校庭に整列する。

第一日。不安で眠れない。午前六時の起床ラッパで起きられるかどうか、不安なのだ。

ごそごそ、音がする。眠れない生徒が、私以外にもいるらしい。それでも疲れて、眠ったとたんに、けたたましい起床ラッパで、たたき起こされた。

あとは、混乱だった。着替えをし、敷布、毛布をたたみ、その上に枕をのせるのだが、全員のそれが、一直線に並ばなければいけないのだ。模範生徒が、笑いながら、叱（しか）りつける。

何とか、一直線になると、今度は洗面所に走る。その後、校庭に整列して点呼。

私たち六十人は第三訓育班なので、整列次第、点呼し、報告しなければならない。

「第三訓育班、六十名、整列終わりました」

と、大声で報告したあと、駆け足で、大食堂に走り、朝食である。

だが、なかなか全員がそろわない。食事におくれると、入り口で、大声で「第三訓育班、誰々、おくれました」と、叫ばなければならない。

大食堂には、六人掛けの食卓が、ずらりと並んでいる。六人の中五人は、私たち一年生だが、一人、二年生が入る。何とか食卓に着いた私は、アルミ容器に盛られたご飯を見て、ほっとした。お米のご飯で量も十分だったからである。これから、腹を空かせずにすむからだ。

ただ食事の規則はやかましくて、同じ食卓の二年生が箸を取るまでは、私たち一年生は、箸を取れず、二年生が箸を置いたら、私たちも箸を置くことになっていた。しかし、心優しき二年生たちは、わざとゆっくり食べてくれたので、その点の心配はしなくてすんだ。

迫る本土決戦

校長は、戦局の動きにかかわらず、全く同じ教育を行うといったが、その通りだった。

午前中は、国語、数学、理科、語学（英語はなく独、仏、露の一つを選ぶ）といった学問で、午後は、体育と教練（手榴弾の投擲など）が教えられた。外出も与えられた。確かに、今までの陸軍幼年学校の生活と同じだったが、実際は、全く違ったことも行われていたのである。

私たちの一年前の四十八期生まで、陸幼は学生だということで、父兄が学費を納入していたのである。それが、私たち四十九期生から、必要なしになり、その上、月五円の手当まで支給されることになったのだ。大変な変化なのだが、私たち、少なくとも私は、将来の陸軍将校を教育するのだから、月謝を取らないのは、当然と考え、別に驚きはしなかった。

しかし、これは、大変な変更だったのである。沖縄をアメリカ軍に占領され、次はいよいよ、本土決戦だという空気だった。アメリカ軍が、どんな形で、日本本土に上陸してくるかの予想をしていて、それは、だいたい的中していた。

アメリカが、ダウンフォール作戦と名付けていた日本本土攻撃作戦は、まず、九州に上陸、何カ所か飛行場を作って、日本本土上空の制空権を確保する。

次に、帝都（東京）の所在する関東地区に、千葉の九十九里浜と、神奈川の相模湾に上陸する。九十九里浜に上陸したアメリカ軍は、二手に分かれ、片方は房総半島を制圧、片方は、北方に進み、北海道、東北から南下してくる日本軍の援軍を阻止する。

一方、相模湾に上陸したアメリカ軍の主力は北に向かって直進し、八王子付近で、直角に右折し、真っすぐ帝都（首都）に向かい、首都を占領して太平洋戦争は終わるというのが、アメリカの計画したダウンフォール作戦だったし、ほぼ同じように、日本側も、予想していたのである。

別世界

問題は、八王子に、東京陸軍幼年学校があることだった。十万坪の広さを占め、十代の少年たちとはいえ、連日軍事訓練を受けている男子数百人がいる。武器もある。日本陸軍としては、当然、東幼生徒たちで、アメリカ軍を八王子の線で食い止める役目を与えていた。それは、東京陸軍幼年学校生徒ではなく、兵士の役目だった。兵士から学費は取れない。徴兵された兵士が月八円の手当を支給されるように、それに近い月五円の手当を貰うようになっていたのである。

アメリカ軍の日本上陸は、一九四五（昭和二十）年の十一月に予定されていた。その瞬間、私たちは、東京陸軍幼年学校生徒から、関東地区第二野戦連隊に変わるはずだったのである。

私たちは、そんなことは全く考えず、いや、気付かず、高い塀の中で、当時の日本社会とは、全く別の生活を送っていた。

かつて東京陸軍幼年学校があった長房町

不思議に、B29の空襲もなかった。民間人を地方人と呼び、接触するなと、いわれていた。外出の時、家族とは親しくしてもいいが、町中で、地方人とは話をするな。もし、兵士に会った場合、私たちの身分は、兵長相当であるから、それ以下の一等兵、二等兵、上等兵と会った時は、先に敬礼してはならぬ、向こうが敬礼をしなかったら、厳重注意しろと教えられていた。

全くの別世界にいる感じだった。塀の外の市民は、B29の空襲におびえ、飢餓意識に苦しめられていたのに、私たちは、B29の空襲もなく、腹を空かすこともなかった。外出して、大人の兵士に敬礼させて、自尊心の満足を得た。

そんな空気の中で、唯一、私を苦しめたのは、十代の少年たちが、集団生活を送ることで生まれてくる一種の性意識だった。それを、陸幼の先輩は、時には「稚児さん」と呼んで、隠そうとせず自慢したりもした。終戦時の阿南惟幾陸軍大臣（＊5）は、伝記の中で陸幼始まっていらいの美少年と書かれている。稚児さんの美しさのことである。

私も、入校一カ月あたりから、仲間（戦友と呼んだ）の少年に、美しさを感じて、狼狽した。

＊5　阿南惟幾
一八八七〜一九四五年。陸軍軍人。侍従武官、陸軍省人事局長等を歴任。陸軍次官となり米内光政内閣の倒閣に関与。鈴木貫太郎内閣に陸相として入閣し、ポツダム宣言の条件付き受諾を主張。八月十五日に割腹自殺した。

美少年に惑う

私は苦しかった。その感情を持て余し、何よりも、恥ずかしかった。

三年生の模範生徒が、彼をかわいがり、時には、生徒監まで、訓練の合間に、ニコニコしながら、彼の肩をもんでやったりする。その度に私は、自分の嫉妬心と、格闘せざるを得なかった。

彼は、美しかった。今でも、少年は少女よりも美しいと思うことがある。

しかし、その感情は、終戦直前の八月二日に突然、消えてしまった。

その日まで、不思議にB29の爆撃がなかったのが、八月二日未明、突然、B29の大編隊に襲われたのである。

空襲警報で跳び起きた時は、生徒舎の窓の外は、真っ赤だった。あわてて着がえ、剣を腰につけて、外へ飛び出す。ずらりと並んだ生徒舎のいくつかから、炎が吹きあげていた。

生徒舎の間には、半地下の防空壕が掘ってあったがすでに満員だった。何処に逃げたらいいのかと、迷っていると、誰かが、

「雄健神社（＊6）へ行くぞ！」

と、怒鳴った。

広い校庭の小高い所に、象徴の形で神社が建てられていた。迷っていた私たちは、いっせいに、神社に向かって走った。

その頭上に、バラバラと、焼夷弾が落ちてくる。あれが爆弾だったら、私たちは、ほとんど死んでいたと思う。私たちのまわりに、ブスブスと、焼夷弾が、突き刺さってくるからである。

爆弾なら、爆発して死んでいた。焼夷弾だから死ななかったが、爆発して、油を吹き出して、燃える油脂焼夷弾である。

私たちは、それを、木の枝や、スコップで、弾き落としながら、ひたすら、神社に向かって走った。

神社のまわりには、すでに、十五、六の生徒が集まっていた。誰もが疲れて、斜面に腰を下ろし、降り注ぐ焼夷弾を眺めていた。

＊6　**雄健神社**

一九一六年に東京・市ヶ谷に創建。陸軍予科士官学校内にあり生徒たちが日々参拝していた。天照大神、大国主命、経津主命、武甕槌之命、明治天皇、大食津神とともに陸軍士官学校出身将兵の戦病歿者の霊を合祀。

降り注ぐ焼夷弾

E46集束焼夷弾と呼ばれる爆弾だった。

焼夷弾三十八本を束ねたものをドラム缶のようなものに詰め込んで投下する。途中でバラバラになり、三十八本の焼夷弾が、雨のように降ってくるのだ。

中身は、油脂とパーム油やガソリンを混合してジェリー状にしたもので、着弾と同時に着火し、周辺に飛び散る。油脂だから水をかけても消えない。いわゆるナパーム弾である。アメリカは日本に対しては小型のナパーム弾を使い、ベトナムでは大型のナパーム弾を使ったといわれている。

最初から、日本の焦土化を狙っての無差別爆撃である。だからといって、非人道的と非難しても始まらない。戦争は、もともと非人道的なものだし、無差別爆撃を最初に行ったのは、日本だからである。

日中戦争で、中国側が、首都を南京から重慶に移した時、長距離の爆撃が必要になった。

担当は海軍になった。第五艦隊である。爆撃計画は、井上成美参謀長（＊7）である。井上は最初、軍事施設と軍需工場だけを狙うピンポイント爆撃を計画したが、一向に効果があがらない。そこで考えたのが、無差別爆撃である。初めて、日本本土から焼夷弾を持ち込み、次から、無差別爆撃を実行した。結果、その一夜だけで数千人が死傷し、井上は成功と喜び、次回から、焼夷弾による無差別爆撃を続けたのである。

井上成美を、米内光政（＊8）、山本五十六（＊9）と並べ、この三人を平和主義者というのは、間違いである。彼らが反対したのは、アメリカとの戦争であって、中国との戦争には反対していない。米内は、上海事変（＊10）の時、海軍陸戦隊では不足だと、陸軍の応援を要請しているし、井上は無差別爆撃をしたのである。

ともかく、この日の無差別爆撃で、東京陸軍幼年学校は、全焼した。

威容を誇った生徒舎の群れも、本部も、病院も、校舎も、大食堂も、体育館も全て燃えてしまった。

残ったのは、半地下の倉庫だけである。その倉庫も、焼夷弾の直撃を受けると、中身は、焼けてしまった。

＊7　井上成美
一八八九～一九七五年。海軍軍人。イタリア大使館付武官、横須賀鎮守府参謀長、軍務局長等を歴任。山本五十六次官と共に日独伊三国同盟締結に反対した。その後、海軍兵学校長、海軍次官を務め、終戦工作準備を指令。

＊8　米内光政
一八八〇～一九四八年。海軍軍人、政治家。第三・第二艦隊司令長官、連合艦隊司令長官等を歴任。林銑十郎内閣の海相、海軍大将。第一次近衛内閣、平沼内閣で留任。その後、首相に就任するが約半年で総辞職。東条内閣退陣後、小磯国昭内閣で海相に復帰、鈴木貫太郎内閣、東久邇稔彦内閣、幣原喜重郎内閣でも留任。戦争終結と戦後処理にあたった。

＊9　山本五十六

一八八四～一九四三年。海軍軍人。駐米大使館付武官、空母赤城艦長等を歴任。その後、海軍航空部門の強化に尽力。海軍次官、連合艦隊司令長官、海軍大将を務め、真珠湾攻撃をはじめとする太平洋戦争の作戦全般を指揮した。南方戦線の視察中にアメリカ軍機に要撃され戦死。元帥を追贈された。

＊10　上海事変

一九三二年に中国・上海で起きた日中両軍の衝突。前年に起きた満州事変後、中国全土に抗日運動が広がり、上海での日本人僧侶への傷害事件が引き金になった。日本軍は辛勝、イギリスの仲介で停戦協定に調印。

学校は壊滅

雄健神社から、校庭に戻った私が、最初に感じたのは、焼けた缶詰と、味噌（みそ）の匂いだった。

死者は、十人。私たち一年生の中での死亡は一人だった。名前は及川。戦後七十年以上たった今でも、この名前を忘れることが出来ない。

及川は、いったん、燃える生徒舎を飛び出したが、帯剣を忘れたことに気がついた。銃も剣も全て天皇陛下から下賜（かし）されたものと教えられていたから、及川は、剣を取りに、燃える生徒舎に戻って死亡したのである。校長は、その行為を称賛して、話したが、どうしても、不合理である。校長もそれを感じたのか、途中で話すことをやめてしまった。

空襲は、前もって計算されていたのか、近くの山中に、万一に備えて山小屋が幾棟も造られていて、私たちは、翌日の夜から、そこに引き移った。

食事には、次の日から、焦げた缶詰がひんぱんに出るようになった。

鮮明に記憶に残っていることがある。

それは、倉庫に残った食糧を、守ることだった。高く学校を囲っていた塀のところどころが崩れてしまった。そこから賊が入り込んで食糧を盗み出すのを防ぐことになった。

私たちは、一人ずつ、日本刀を持たされて、夜警に当たった。日本刀といっても、いわゆる昭和刀である。機械で造ったもので一見立派だが、ヤキが、入っていない。

私たちは、面白がって、木の枝に切りつけた。食い込んで、折れはしなかったが、曲がってしまった。ヤキが入っていないからである。

それでも私たちは、泥棒が来

空襲で亡くなった生徒職員10人を供養するために建立された東幼観音

たらやっつけてやると、元気いっぱいだった。泥棒は来なかった。あの時、深く考えるべきだったのだ。それが出来ない、いや、考えようともしない雰囲気と、軍国少年だったのである。

それに、私たち自身も、無意識の中(うち)に、だらけていったのだと思う。規律に守られた将校生徒の生活。全て駆け足。号令、軍歌の叫び。軍人勅諭(ちょくゆ)（*11）斉唱。それが、少しずつ崩れていく。だらしなくなっていく。

＊11　軍人直喩
一八八二年に明治天皇が軍人に向けて発した直喩。軍人の守るべき徳目として忠節・礼儀・武勇・信義・質素の五つをあげ，特に軍人が政治に関与しないように明示した。自由民権運動の高まりの中で軍人の縦社会の強化を図る目的だったとされる。一九四五年の敗戦まで軍人精神の基本となった。

戦争終わる

あの将校生徒の誇り、規律正しさは、一人一人の精神から出たものではなくて、立派な校舎や、生徒舎、高い塀が、作り出していたものなのか。

私は、わからなくなっていた。

一九四五（昭和二十）年八月六日、広島に原子爆弾。

八月九日、二発目が、長崎に投下。

原子爆弾とはいわず、特殊爆弾といわれていたが、一発で、多勢の死者が出ることは、知られていた。

そして、八月十二日（だったと思う）、東京に三発目が落とされるというので、それを私たちは、見守ることになったのである。

生徒監の命令で、私たちは、毛布を持って（毛布をかぶっていれば大丈夫だと教えられていた）近くの山に登り、東京の空を監視することになったのである。

1945年8月15日、昭和天皇の「玉音放送」で終戦を知り、皇居前でひざまずく人たち

東京陸軍幼年学校に近い城山だったかもしれない。とにかく、私たちは、山頂で、毛布をかぶって、東京の空を見つめた。

もし、あの時、東京に三発目の原子爆弾が投下されていたら、私たちは、東京が蒸発する瞬間の目撃者になっていたのである。

しかし、何も起きず、私たちは、毛布を持って、引きあげた。

最近になって、当時の阿南惟幾陸軍大臣が、閣議で、アメリカは、原子爆弾を百万個も持っていて、三発目を東京に投下する予定だと発言したのが原因らしいとわかってきた。

二発も、広島、長崎に落とされて怒った阿南陸相は、たまたま、墜落して捕虜になったB29の搭乗員を訊問したというのである。拷問もしたのだろう。搭乗員は、苦しまぎれに、アメリカは、原子爆弾は、百万発を持っていて、三発目を東京に投下すると喋ったのだ。それを阿南陸相が閣議で報告し、それが、東幼に伝わったのだろう。

原子爆弾が、東京に落ちない中に、八月十五日で、戦争は終わってしまった。その日、私たちはわけもなく、「東条（英機）のバカヤロー」とか、「お前のおかげで敗けたんだ！」と叫んでいた。

自宅へ帰る

夜になると、先輩の航空士官学校の生徒が、やってきて、「われわれは、これからアメリカの艦船に特攻する。あとのことは、若いお前たちに頼む」といって、帰って行った。

彼らが、あの夜、特攻したかどうかはわからない。

とにかく、戦争は終わったということで、家の遠い生徒から帰宅させることになった。

残る生徒たちは、校長の命令で、連日、体操と軍事訓練で過ごした。

「占領にくるアメリカ兵が、天皇陛下に対して無礼を働くかも知れん。その時には、お前たちが、盾になって陛下をお守りするのだ。そのために、身体を鍛えておくのだ」

その間も、校長、生徒監、下士官たちは、連日トラックで、倉庫の衣服や食糧を運び出していた。私たちの質問に対して、こんな言葉が返ってきた。

「もう一度、アメリカとやるために、物資は秘密の場所に隠しておくのだ」

それがどうなったのか、私にはわからないが、復讐（ふくしゅう）戦はなかったのだから、あれは多分、闇取引に使われたのだろう。

私たち東京組は、結局一九四五（昭和二十）年八月二十九日に家に帰った。すぐ、以前の中学に戻れなかった。

占領軍（アメリカ軍）が、今までの教育内容を改定し、校長、教師などの思想内容を調べられた。私の学校の校長は、ヒトラー（＊12）崇拝だったために、追放（公職追放といわれた）されてしまった。

結局、元の学校に戻ったのは、翌年の三月だった。

その間、六カ月、日本中に仕事らしい仕事は失（な）くなってしまっていた。日本中が、武器や、戦争関係の品物を作っていたからだ。日本を占領したアメリカ軍の司令官はマッカーサー（＊13）、その司令部（ＧＨＱ）は、日本の軍需産業を禁止した。ということは、全ての産業の禁止である。全ての工場が、停止してしまった。

＊12　ヒトラー

アドルフ・ヒトラー。一八八九～一九四五年。ドイツの政治家、ナチスの指導者。一九一九年にドイツ労働者党（ナチス）入党、雄弁の才能で聴衆を熱狂させ二年後に党首、一九三三年に首相に任命（翌年、総統と称した）。国力、軍備の増強を図り、ドイツを欧州第一の強国とする。一九三九年にポーランドへ侵攻、その後もフランス、ソ連へ進軍、第二次世界大戦を引き起こした。ソ連によるベルリン陥落直前に自殺。

＊13　マッカーサー

ダグラス・マッカーサー。一八八〇～一九六四年。アメリカの軍人。アメリカ極東軍司令官、連合軍西南太平洋方面軍総司令官として第二次世界大戦の対日作戦を指揮する。終戦後は日本占領軍総司令部（ＧＨＱ）の最高司令官として占領政策を進めた。その後、朝鮮戦争で国連軍最高司令官を務めたが、トルーマン大統領の政策に反対し中国本土爆撃など全面戦争を主張したことから解任。

経済苦

失業者が、町にあふれた。それだけではない。兵士たちが、海外から戻ってきた。二百万を超す兵士たちである。その兵士たちにも、仕事を与えなければならないのだ。

そこで、鉄兜（てつかぶと）を鍋に改造する仕事や、手作りの電球作りや、サメ皮での靴作りといった手仕事に毛の生えた仕事が、日本各地で始まったのである。

他に、仕事らしい仕事といえば、占領軍（アメリカ、イギリス軍など）の基地の労役だった。

基地は、日本各地にあり、東京にも、品川や恵比寿に作られた。

この仕事は、毎日あったから、大人も出かけて行った。私たちも学校が閉鎖されていたので基地に出かけた。大人も子供も、基地に働きに行ったのである。その中で、一番人気があったのはアメリカ軍の基地だった。何しろ、アメリカ軍基地には、何でもあった。それも豊富にである。

とにかく、私たちは、飢えていた。終戦の年、一九四五（昭和二十）年は、米が不作だった。そのため、配給は減り、配給だけでは、餓死するだろうといわれた。そのため、都市住民は、農家に行き、主としてサツマイモを売って貰った。私も、父と一緒に埼玉県の農家に買い出しに行った。農民が、都市住民に対して優位に立ったのは、この時が初めてだったといわれる。お金で売る気はないといわれたり、着物を持っていって、これでサツマイモをと頼んでも、もう着物は何十着も手に入ったと嫌味（いやみ）をいわれたりした。その上、配給以外で、食糧を手に入れるのは、法律違反だから、警官に見つかれば、没収されてしまう。赤羽駅で警察の検問にぶつかり、父と一緒に必死で逃げたこともあった。

新橋、池袋、新宿など各地に統制外のヤミ物資を扱う青空市場（闇市）があらわれ、人々が群がった

法律違反を取り締まるのは、おかしいという人もいた。配給だけで生活していた裁判官が、栄養失調で死亡したことは、大きな問題になった（＊14）。

＊14　裁判官が栄養失調で死亡
山口良忠判事（一九一三〜一九四七年）は裁判官任官後、終戦後の食糧難の中、はびこっていた闇商売を裁く立場として闇市で食料を得ることを拒否。当時の法律に沿った配給食糧のみを食べ続けた結果、栄養失調で餓死した。

娯楽も一変

そんなこともあって、誰もがアメリカ軍の基地で働きたがったのだ。食べ残した残飯は、どんどん捨てていたから、私たちは、それを貰って帰り、温め直して、シチューにして食べていたのである。ただ、陽気なアメリカ兵といっても、銃を持った兵士である。私と同じアメリカ軍基地で働いていた大人が、砂糖を盗もうとして射殺されたこともあった。もちろん、その兵士は、逮捕されることはなかった。当時の新聞を見ると、連日、アメリカ兵が、日本人を銃で脅して、腕時計や靴を奪ったというニュースが載っているが、逮捕されたというニュースはない。

その頃の娯楽といえば、映画とラジオである。私たち若い人間は、外国映画に熱中した。

日本映画の方は、どんな内容の映画なら、ＧＨＱ（連合国軍総司令部）が許可するかに、悩んだという。戦争中に作った映画は、ほとんど駄目（だめ）だった。特に、アメリカとの戦争を描いたものは、許可されなかったが、時代物でも、仇討（あだう）ちは、許可されなかった。忠臣蔵は、その代表的なものだから、もちろん、駄目である。その点、映画より歌舞伎は仇討ち物が多かったから、悩んだらしい。封建的なものも駄目だから、ほとんど上演できないと悩んだ歌舞伎役者もいたらしい。

ラジオも、同じような悩みがあった。それは、音楽だった。戦争中、ラジオで流れていたのは、殆ど軍歌だったから、流す音楽が、無くなってしまったのだ。幸い一つだけ、大丈夫なものがあった。それが「月の沙漠」である。「月の沙漠をはるばると――」という、無国籍な歌詞なので、これならGHQも文句をいわないだろうと、NHKラジオも、やたらに、「月の沙漠」をかけていたが、これだけでは仕方がないので、GHQが文句を言わない音楽をと考えて、作られたのが「リンゴの唄」だという。この歌も「りんごの気持ちはよくわかる」という意味不明の歌である。こうした苦労も、日本の独立と共に消えていった。

第四章
アメリカがこの国の何を変えたのか
～占領を経て～

日本占領考

この辺りで、アメリカの（マッカーサーの）日本占領について考えてみたい。
最近、日本人の骨抜きを狙った占領政策だとか、独立心のない、戦争の出来ないできない国にしたという批判があるが、歴史的に見て、さほど悪い占領だったとは思えないのだ。

それには、二つの理由があったと思う。一つ目はマッカーサーの中に、征服者の他に、解放者の心があったためであり、もう一つは、アメリカが富める国だったためだと思っている。

征服者だから、日本の指導者たちを逮捕し、戦犯として処刑した。一方、解放者として、内務省を解体し、思想犯を刑務所から釈放した（＊1）。

何よりも、日本にとって、幸運だったのは、アメリカという国が、豊かだったことである。第二次大戦で、戦前より戦後の方が、国民の生活水準が上がっているのはアメリカ一国で、あとは全て、下がっているのである。もし、アメリカ以外、例えば、ソ連（ロシア）に占領されていたら、間違いなく、日本再建に使うべき機械や食糧などは、容赦なく、奪い取られていただろう。

その点、豊かなアメリカは、機械も、食糧も持ち込んできた。特に、私たちの眼に焼きついたのは、ジープだった。四輪駆動で、背の高いアメリカ兵が、足を投げ出すようにして乗り回すのがカッコ良かった。

救助物資も送ってきたし、まずくはあったが脱脂粉乳も飲めるようになった。あれは、多くの日本人を餓死から救ったのである。天皇を戦犯にはしなかったし、朝鮮戦争（＊2）では、日本の経済を救ってくれたのである。

当時一つの小話が、流行した。

「貧しい小国を豊かにする方法」である。貧しい小国があったら、何か理由をつけて、アメリカに宣戦布告をするのだ。アメリカが軍隊を送ってきたら、すぐ降伏して、アメリカに占領させてしまうのだ。

占領者は、占領した国民の安全と生活を守る義務があるので、それに努力すれば、自然にアメリカに近い生活が出来るようになるという論説である。

世界が、アメリカに占領された日本を、そんな眼で見ていたということである、うらやましく見られていたのである。

＊1　思想犯の釈放

一九四五年十月四日、ＧＨＱが日本政府に対して自由を抑圧する制度を廃止するように命じた（人権指令）。政治犯の即時解放（共産党員など約三千名を釈放）、反体制的な思想や言動を厳しく取り締まる法令の廃止（治安維持法など）、内相、特高警察職員ら約四千名の罷免・解雇など。

＊2　朝鮮戦争

日本の敗戦で植民地支配から解放された朝鮮半島は北緯三十八度線を境に北をソ連、南をアメリカが占領することになり、その影響下に一九四八年、北朝鮮、韓国が成立。一九五〇年に北朝鮮が軍事境界線を越えて進軍したことから戦争状態となった。北朝鮮は韓国のソウルを占領、国連軍が派遣されソウルを奪還し北朝鮮の平壌を占領、中国国境に迫った。中国軍が参戦し平壌を奪還、その後膠着状態になり、一九五三年に休戦協定に調印。

元の学校へ

年が明けて、一九四六（昭和二十一）年になり、私は、前の学校の三年に復帰した。学校は、簡単にいえば、学校の体をなしていなかった。校長は追放され、他の教師は、何を教えていいかわからない様子だった。学期末に試験をやろうとしても、私たち生徒は、答案を出さなかった。だから、授業は殆ど自習だった。

私たちは、全員がアルバイトに励んだ。といっても大企業は休んだままだったから、学校近くの小さな町工場で、電球作りのアルバイトである。それも、ナショナルや、マツダのニセモノ作りである。私の仕事といえば、出来あがった電球に、ホンモノのマークを、ゴム印で押すことだった。

学校で、最初に始まったのは野球だった。占領軍が、アメリカだから、野球なら、大丈夫と考えたのだ。その代わり、剣道や柔道は、私が卒業するまで、復活しなかった。

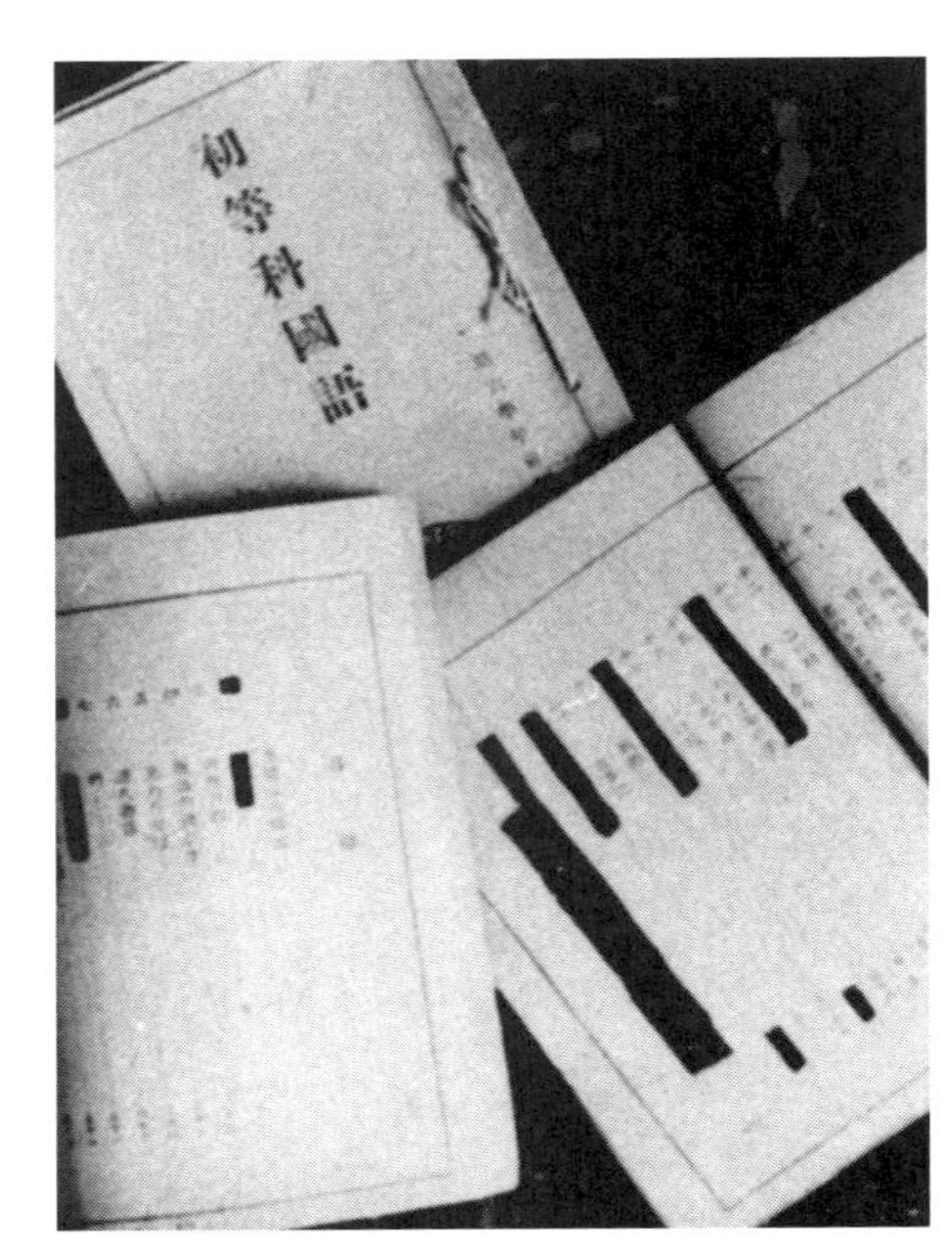

戦後、GHQから軍国主義追放の指令を受けてスミで塗りつぶされた教科書

国語の時間も、殆ど自習で、教師は、エノケンというアダ名の若い男で、私たちに、毎回何冊かの小説を読ませて、感想文を書かせ、自分は、芥川賞を狙って小説を書いていた。書いたものを読ませて貰ったことがあるが、さまざまな楽器が話をしたり、歌を唄ったりする奇妙な小説だった。あの教師は、今どうしているだろう。

四八（昭和二十三）年、卒業。五年制中学の最後である。私たちの次から、中学三年制、高校三年制になっている。私は、卒業と同時に就職する気だったが、改めて見回すと、何も無いのである。三井、三菱などは、アメリカの連合国軍総司令部（GHQ）によって、財閥解体（＊3）されてしまっているし、ホンダやソニーは、まだ町工場だった。

そんな時、新聞に、アメリカ政府主導で、日本に新しい人事制度を作るので、その職員を募集するという広告がのった。受験資格を問わないというので、受験した。その結果、大学卒業生三百五十人、中学卒業生十人の合格者の一人になったのだが、そのあと、三カ月の研修があった。

＊3　**財閥解体**
一九四五年に行われた独占的な経済力を持つ大企業の解体。三井、三菱、住友のほか、安田、浅野、鮎川などの中堅財閥にも解体は及んだ。ＧＨＱが発表したアメリカの初期対日方針に盛り込まれていたもので、経済の民主化を行う目的とされたが、経済や産業の一極集中を破壊することで日本が強大な軍事力を持てないようにするためでもあった。

臨時人事委員会

アメリカから専門家がやって来て、人事行政について英語で説明し、それを外務省の職員が通訳する。場所は、焼け残った第一生命ビルだった。

そのあと、配属されたのは、警視庁の隣のビルで、その一、二階が人事院（当時は、臨時人事委員会と呼ばれた）で、三階以上が、建設省になっていた。

一九四八（昭和二十三）年で、まだ物不足で、皆貧しかった。背広姿の者もいれば、ジャンパーの者もいた。革靴もいれば、運動靴もいた。私はジャンパーを母が黒く染めてくれて、それを着て登院した。

エレベーターに乗ろうとしたら、エレベーターガールがいたのにびっくりした。古いエレベーターは各階で止まるのが難しいので、しばらくエレベーターガールが来ていたのである。

もちろん、クーラーも、暖房もなかったから、夏は扇風機が回り、冬はダルマストーブだった。従って、冬は、みんなが、弁当をストーブにのせて温めていた。

新しい人事行政といわれ、アメリカ人が教えるので、英語（米語）の翻訳が大変だった。最初に覚えたのは、パブリック・サーバントだった。公務員と訳され、今でも使われている。

アメリカの作った役所というので、やたらに自由で、やたらにクラブが生まれた。ダンス、美術、演劇、文学、お茶、野球、卓球、庭球、スキー、旅行と、一人でいくつかに入っていた。

内閣臨時人事委員会の採用試験

私は、文学と美術とスキーのクラブに入った。文学クラブでは、同人雑誌も出していたが、当時、一番人気のある作家を呼ぼうと、安部公房に来て貰った。医学生だったので、日本語とドイツ語を交えて話すので、よくわからない。「小説はどうやって書くんですか？」と聞いたら、「現実を分解して、そのあと、アウフヘーベンする」といわれたが、よくわからない。アウフヘーベンがドイツ語で、弁証法の用語だとわかったが結局わからなかった。

当時、私の初任給は八百九十円だった。猛烈なインフレで、その後、アメリカから、インフレ退治にドッジ（＊4）という役人が来て、強引に平価切り下げをやったとたん、私の月給も大きく減ってしまった。

＊4　ドッジ
ＧＨＱの経済顧問を務めたジョセフ・ドッジ（一八九〇～一九六四年）。戦後のインフレーションを鎮静化させて日本経済の混乱を収め、自立させるための経済安定計画を立案した。復興を軌道に乗せることで、将来の冷戦に備え日本を極東におけるアメリカの強力な友好国として機能させるためでもあった。

公務員生活

臨時人事委員会に入った時が十七歳。マージャンも覚えた。帰宅の途中の四谷に、「發」という雀荘があり、そこでよくやった。徹夜したこともある。夜の十二時終了なので、そのあとは、音のしないように、座布団をかぶせて、かき回す。徹夜の時、ヒロポン（覚醒剤）を使った。当時、一九五一（昭和二十六）年まで、薬局でヒロポンを売っていたのである。

つくづく、国家というものは、勝手なものだと思う。戦時中、軍隊では、強制的にヒロポンを兵士に与えていたのである。夜、眼がきくという理由である。それを戦後は、使用者を犯罪者として

押収されたヒロポン

逮捕するのだから。

役所には、月賦屋が歩き回っていた。日本もようやく、日用品が作られるようになったのだが、月賦でないと、なかなか売れない。といって、安心して売れるのはサラリーマン、それも公務員なら安心だということで、さまざまな月賦屋が、歩き回っていたのである。

洋服、靴、腕時計、それぞれの商人が、月賦で売りに来ていたのである。その中に、東京通信工業（東通工）という町工場の職員が、組み立てキットのラジオを売りに来ていた。その職員は、会社を大きくしたいので、株も買ってほしいといっていた。これが、今のソニーである。

毎月二十五日の給料日になると、廊下を月賦屋が歩き回っていた。

その頃（ころ）、人事院の仕事の上の合言葉は、「イコールペイ・フォー・イコールワーク」だった。日本社会をそれに変えたい。それが、アメリカ的な人事制度だというのである。先日、新聞を見ていたら、そこに、「日本社会を、同一労働同一賃金にする」とあって、私はびっくりした。

四八（昭和二十三）年に、「イコールペイ・フォー・イコールワーク」を目標にしていたのに、七十年たった今も、同じことを、いっているからである。どうも、日本では、この合言葉は永久に実現しないだろうと思う。なぜなら、アメリカでは、仕事に給料を払うのだが、日本では、その仕事につく人間に給料を払うからである。似ているが、全く違うのだ。

GHQの変容

一九五〇（昭和二十五）年に、朝鮮戦争が始まって、全てが、変わってしまった。

連合国軍総司令部（GHQ）が、レッドパージ（赤狩り〈＊5〉）を命令したのである。公務員の組合（官公労）は、共産党が強かったから、ある日、登庁すると、昨日まで一緒に仕事をしていた仲間の姿がなく、消えてしまったのである。地下にもぐったのだと、噂（うわさ）した。

アメリカ軍も、朝鮮に行ってしまった。

朝鮮特需がきて、景気がよくなった。

しかし、このあたりから、日本社会の変化が止まってしまったような気がするのだ。

戦後始まった日本社会の変化。それは、アメリカとGHQが後押ししていたと

朝鮮戦争による特需で、生産に追われる紡績工場

しても、その変化の激しさに老人たちは驚いたが、若者は喜んだ。

若者は、いつも、変化を歓迎するからだ。四七、四八年頃、日本中が、アメリカ一色だった。神田周辺は、「日米会話学院」とか「米語早わかり」の看板であふれていたし、GI（アメリカ兵）が帰米に際して売っ払っていったバカでかいアメ車を買って乗り回すのが、若者の夢だった。GIの古着を売っていたアメリカ屋にも、若者が集（つど）っていた。

私が入った人事院も、GHQの後押しがあるので、官庁街では、力を得るだろうと見て大蔵官僚、外務官僚と同じく、人事官僚と呼ばれるだろうと見られていたのである。

こうした世相と日本のアメリカ化を批判して、「日本人に自尊心があるのだろうか」と、怒りをぶちまけた人もいたが、怒る必要はなかったのである。

五〇年頃から、明らかに、社会では、ゆっくりと、回帰のきざしを見せ始めたからだ。というより、ＧＨＱが怖かったから、アメリカが、カッコ良かったから、アメリカ万歳を叫び、下手な英語を無理をして喋(しゃべ)っていたのではないのか。

＊5　レッドパージ（赤狩り）
一九四九〜一九五一年頃にかけて行われた共産主義者及び同調者を官公庁や民間企業から追放。アメリカとソ連の冷戦の激化でＧＨＱは反共色を強め、一九五〇年に当時の吉田茂内閣に向けて共産党幹部の公職追放を指令した。

実力主義と日本

アメリカ軍がいなくなって、連合国軍総司令部（ＧＨＱ）も怖くなくなると、日本人には、アメリカの実力主義よりも、今までのコネ社会の方が、暮らしやすいと、気付き始めたのである。ＧＨＱは、日本の悪習といったものを破壊して、新しい日本を作ろうとした。デモクラシーである。その一つが家元制度である。名門の家に生まれれば最初から優遇され、逆なら、才能があっても、よほどの幸運に恵まれない限り、不利な生き方しか出来ない。歌舞伎の世界が、その典型だろう。生け花、お茶などの家元制度も同じである。ＧＨＱは、その歴史を保護すると認めたが、制度の改革を指示し、歌舞伎の責任者や家元たちは、それを約束した筈（はず）である。

制度は維持されたが、改革の方が果たされたとは、とてもいえない。歌舞伎でいえば、名門に生まれなければ、重要な役につけない事実は、残っているし、生け花、お茶の家元制度は、いぜんとして健在である。いずれも、芸の伝承という理由をつけて、保持されているのである。

私は、関係者たちが、改革の約束を忘れたとか、怠ったとかは思えない。日本人そのものが、その方が、生き易いからだと思っている。

1953年8月の東京・歌舞伎座。GHQは当初、歌舞伎など日本の伝統文化に対して否定的な方針を打ち出した

例えば、生け花。家元になるのは、その家系に生まれなければ、難しいから、一般人が、家元にはなれないが、華道の資格を家元から貰えば、それで生活できるのである。一般人は家元制度打倒より、華道制度の方を、歓迎しているのである。

日本舞踊の花柳幻舟（＊6）は、家元制度に挑戦して、玉砕してしまった。それは、彼女の力の不足というよりも、家元制度が無くなるより、ある方が、何かと便利と判断されたからだろう。

＊6　花柳幻舟
一九四一～二〇一九年。女優、歌手、日本舞踊の舞踏家。二歳で舞台に立ち、女優として活躍。一九六六年に花柳流の名取となるが、一九八〇年、家元制度に反対して国立劇場で花柳流家元の花柳壽輔氏を刃物で襲い負傷させて実刑判決。一九九〇年、天皇陛下の即位の礼パレードの路上で天皇制を批判するビラを撒き、爆竹を投げて現行犯逮捕など過激な行動でも知られた。群馬県の鉄道橋から転落死。

コネ社会

中国や韓国（朝鮮）は、古くから科挙制度（＊7）を使っていた。その長所も欠点もあるのだが、日本では、科挙制度は採用されなかった。

科挙は官吏採用試験制度であり、ある意味、実力主義である。日本が、科挙を採用しなかったということは、それに代わるものがあったということになる。

では、日本は、どんな規則、制度が使われてきたかといえば、コネである。縁故である。また、引きといってもいい。競争ではなく、人間関係で、全てが動いていくといってもいい。当然今はやりの忖度も、効いてくる。忖度そのものに善悪はなく、コネ社会に必要なことであり、今後も、生きていくだろう。

太平洋戦争で、日本と戦い、日本に勝ち、日本を占領したアメリカは、日本を支配する制度や、それを動かしている日本人が不可解だったろう。

特に、一見実力主義に見える日本の軍人社会は不思議に思えたに違いない。近

国家公務員上級職試験の問題と取り組む受験者たち

代国家らしい学校制度があり、陸軍大学校や海軍大学校の成績優秀なエリートが、軍の中枢を占めている。それなのになぜか、敗戦の責任を取らずにいる。宮様というだけで、陸海軍の最高、陸軍参謀総長と、海軍軍令部総長になり、また、その宮様の名前を使って、人事を動かす者がいる。本来の実力主義とは違う。そのことが、アメリカには、不可解だったに違いなかったろう。

それと同じ不可解さが、日本全体にある。そのうちの役人の社会を実力主義に変えようとして、アメリカの人事行政を持ち込んだり、国家公務員試験を導入したと思うのだが、間違いなく中途半端で、終わりそうである。

役人は、パブリック・サーバント（全体の奉仕者）でなければならない。だから、公務員制度が作られたのだが、最近の状況を見ると、政府への奉仕者に見えて仕方がない。そうなれば、自然に、忖度も、生まれてくるだろう。国民全体の顔色を見るよりも、政治家の顔色を見ているからである。

＊7　科挙制度
中国の隋から清の時代にかけて約一三〇〇年続いた官僚登用制度。当時の皇帝が自分の手足となって働く有能な人材を家がらに関係なく選び、彼らを用いて豪族や貴族の台頭をおさえるために行った。

第五章

終戦後の職を求めて

～人事院・パン屋・競馬場・探偵・作家～

作家を志す

勤めていた人事院での仕事も、やがて形にはまったものが多くなり、面白くなくなってきた。古いルーティーンである。新しい官庁だったのが、他と同じ官庁になってしまったのだ。アメリカ的な新しい人事行政の旗印が消えると、とみに影が薄くなり、人事院の不要論まで囁（ささや）かれてきた。

そうなると、自然に、自分の将来も、予想できてくる。二十九歳になった時、課長から、見合いをすすめられた。結婚と同時に、係長に推薦するともいわれた。この時、公務員生活十一年だった。

十七年で恩給（＊1）がつくともいわれた。自分の将来が、どんどんわかってくるというか、固定化していくというか。そうなると、公務員という新しい感覚よりも、役人という意識になってきた。役人は、めったなことでは、馘（くび）にならないと考えてしまう。定年まで勤めれば、多分、課長補佐ぐらいにはなれるだろう。

臨時人事委員会の同僚と。右端が筆者

その時考えたのは、結婚して、係長になったら、もう、人事院は辞められないだろうということだった。長男という意識もあった。父は、相変わらず、女にだらしなくて、その頃、他の女と一緒にいた。母は怒って、「矢島牛時」という表札の父の名前の部分「牛時」をナイフで削ってしまっていた。

こうなると、いやでも長男の責任が生まれてきて、ますます、人事院が辞められなくなってくる。そのために、定年まで勤めるのも、楽しくなかった。

どうしていいかわからなかった時に、松本清張が、「点と線」を書いて、突然、脚光をあびて出現した。

買って読んでみた。読みやすくて、二時間で読了。それで、錯覚してしまったのである。

これなら、自分も書けると。

大変な錯覚である。読むのと書くのとは、全く違うことなのに、それを、間違えてしまったのだが、今から考えると、あの錯覚がなければ、あの時、私には、人事院を辞めて、作家になる決心はつかなかったろう。

私は小心なくせに、楽観的なところがあって、退職金は、官と共済からそれぞれ十一カ月分が出るから、一年間は、仕事をせずに、懸賞小説を書けるし、一年間で、何とか作家になれるだろうと考えた。もちろん、これも錯覚である。

＊1　恩給
公務員が公務のために死亡、公務による傷病のために退職した場合、もしくは相当年限忠実に勤務して退職した場合において、その遺族または本人の生活の支えとして給付される国家補償を基本とする年金制度。

人事院退職

とにかく、見合いをすすめてくれた課長に、退職して、作家になりたいと話した。やさしい課長は、怒るより、心配してくれて、

「辞めたからといって、作家になれるとは限らないだろう。それなら、人事院に勤めながら、小説を書いたらどうだ？　よければ、仕事のヒマな部署に移してあげる」

と、いってくれた。ヒマな部署というのは、広報部である。人事院が新しい仕事を始めるか、人事院が関係する事件が起きなければ、ヒマな部署で、今のところ、そんなことの起きることはなさそうだったのだ。

課長の配慮も、考えようによっては、コネで、職員を好きな部署に配置できるという日本的コネ社会の表れなのだ。ありがたかったが、私は断った。

とにかく、一年間で、作家になれると、固く信じていたから、課長の配慮は、

西村さんが通っていた上野図書館

不要だったのだ。

この年、一九六〇（昭和三十五）年に、私は、甘い覚悟で、十一年間勤めた人事院を退職した。

私にとって、むしろ難しかったのは、母を説得することだった。

父はいないし、母は、日本で、もっとも安定した仕事は、役人だと固く信じている。長男で、唯一の働き手の私が、その役人を辞めると告げたら、半狂乱になってしまうだろう。

それで、私は、しばらく、人事院を辞めたことは、母には内緒にしておくことにした。一年以内に作家になれたら、その時に話せばいい。作家になれると確信していたからである。

そこで、毎日、いつもと同じ時刻に家を出て、同じように、帰宅することにした。

毎月二十五日に、同じように、月給分の金額を、封筒に入れて渡す。

行き先は、上野図書館である。暖房が効いているので、ここで、懸賞小説の原稿を書く。

土、日は、自宅で同じく、原稿を書く。これが、日課になった。

厳しい船出

当時、小説を募集している雑誌は、今ほど多くなかった。特に、長編小説といえば、講談社の「江戸川乱歩賞」しかなかった。

私は、あらゆる懸賞小説に応募することにした。半年もすると、自信が、少しずつ崩れていった。

当たり前の話だが、読むのと書くのとは違うとわかってきたのである。

雑誌に、懸賞小説の一次通過、二次通過、そして最終選考と発表されていくのだが、その一次通過もしないのである。

こうなると、自信がどんどんなくなっていく。どんな小説を、どんな風に書いたらいいかわからなくなってくるのだ。

実存主義が流行(はや)っていて、外国の実存主義的な小説が入ってくると、それを真似(まね)て書いて応募したりもするのだが、ますます、自信がなくなっていく。

上野図書館で、原稿を書いていても、感覚的に疲れてしまい、午後になると、浅草へ行き、三本立て百円の映画を見るようになった。

一年間で、千本ぐらいの映画を見た。後にオール讀物推理小説新人賞を受賞したが、その後も注文がなかったので、自分は、小説よりシナリオの方が向いているのではないかと、雑誌「シナリオ」にも応募したりした。これは、かなり自信があったのだが、受賞したのは、ジェームス三木（＊2）という、ハーフみたいな名前の男だった。

名作ドラマを次々生みだした脚本家のジェームス三木さん

江戸川乱歩賞は、長編で、本が出て、印税を貰えるというので、力を入れた。

最初に本格物を書いて原稿を送ったが、不安になって、あわてて、サスペンス物を書いて送り、それでも不安で、ハードボイルドを書いて、全部で三本を送ったのだが、一本も、予選さえ通過しなかった。

これで、完全に、自信が消えてしまったのだが、改めて、小説の勉強をしようという方向にはいかないのである。誰かが、私の受賞を邪魔しているのではないかという疑心暗鬼に落ち込んでしまうのだ。これが、私の小心のためなのか、落選が続く人間の平均的な心理なのかわからない。

一番の恐怖は、退職金が、無くなることだった。何とか、一年半まで持たせたが、とうとう、ゼロに近くなってしまった。

＊2　ジェームス三木

一九三五年～。脚本家、作家。歌手として活動後、一九六七年に月刊誌「シナリオ」のコンクールに入選し脚本家デビュー。ＮＨＫ連続テレビ小説「澪つくし」、大河ドラマ「葵徳川三代」ほか多くの作品を手掛ける。

母に泣かれる

どこかに、就職しなければならない。と、いって、三十歳になってての事務の仕事は皆無だった。やたらにあったのは、「小四運転手募集」だった。

小型トラックの運転手で、配送の仕事である。日給五百円。日給月給だから、一日も休まなければ、一カ月で、一万五千円である。

体力がないので、建設現場とか、重い家具の配送は、無理だと思い、パン屋に決めた。パンなら軽いだろうと思ったのである。

働くことよりも、母に打ち明けることの方が辛かった。黙って人事院を辞めていたこと、作家になろうとしたが、上手くいかず、金が無くなったことを告げると、さすがに泣かれてしまった。

それでも、住み込みの仕事なので、リュックに着がえを詰めてくれた。それを持って、上板橋の駅近くのパン屋で、働くことになった。

1960年代当時のデパートの食料品売り場

工場二階の大部屋に、十八人の運転手が、雑魚寝である。十六人が、十代、二十代で、三十代は、三十歳になった私と、もう一人だけだった。

私は、人生の失敗者みたいに落ち込むと思ったのだが、意外に、それはなかった。三十代になったばかりということもあったし、運転手の仕事が、結構面白かったからだろう。

午前四時、工場が動きだす。

午前六時、運転手朝食。

午前七時、食パンと菓子パンが出来あがる。

それを、十八人の運転手が、九台のトヨエースに、積み込んでいく。

一台の受け持ち小売店は三十二店から三十六店。

午前中に、その小売店に配送する。

そのあと、近くの小学校と、特殊学校に、給食のパンを配送。

午後、受け持ちの小売店を回り、翌日の注文取りと、新しい菓子パンの宣伝。

午後六時、夕食。

そのあとは自由で、近くの映画館に行く者もいれば、彼女に会いに行く者もいた。

寝たいものは、勝手に布団を敷いて寝ることが出来た。

私と同じ三十代の男は、ちょっとヤクザっぽいところがあった。よく仕事を休んで、女の所に行っていた。

職を転々と

仕事は、結構面白かった。

パン屋の周辺には、交番が三つあったのだが、私たちは、ひんぱんに、菓子パンを届けていた。時には、警官の方から、貰いに来ることもあった。全て、こちらが事故を起こした時に、よろしく頼むためだった。

三十二店から三十六店の受け持ち小売店の多くは、女主人が店を預かっていたから、注文がうるさかった。

回って配送していくと、どうしても、時間が遅くなってしまう店が出る。その女主人が、朝、出勤するサラリーマンたちにパンを売りたいから、もっと早く来てくれないと困るというのである。仕方がないので、次の日は、順番を逆にして、配送するのだが、どうしても機嫌が直らない時は、二人で、その店で、アイスクリームを買った。一つ百円か二百円である。日給五百円だから、大きい出費

夏に向けて稼働するアイスクリーム工場

だったが、女主人のご機嫌を直すには、他に方法はなかった。

一番の失敗は、パンの重さだった。パンは軽いと思って、パンの配送を選んだのだが、パンは、大きな木の箱に詰め込んで運ぶことを考えてなかったのだ。三十歳の私は、一箱しか一度に運べないが、十代、二十代は、二箱も、三箱も重ねて運ぶのである。そのため、私は、彼らより時間がかかり、怒鳴られたりした。

一番怖いのは、自転車だった。それも、老人の乗っている自転車である。併走すると、ふらふらと寄って来て、ぶつかる。というより、こするのだ。自転車が、あんなにやわいものだと、私は、初めて知った。軽くこすっただけで、自転車の何処かが、ぐにゃっと、曲がってしまう。そうなると、こちらが悪くなくても、修理費は、払わされる。意外に高くて、五、六千円もかかるから、日給五百円の私は、必死になって、老人の自転車から逃げ回った。

私は、住食費がタダなので、給料を貯めることに、全力をつくした。何カ月か働いて、貯めると、パン屋には申しわけなかったが、辞めさせて貰い、家に帰った。母に貯めた金を渡し、その金が無くなるまで、家に籠って、懸賞原稿を書いた。

それを、応募すると、また、仕事探しである。ほとんどが、アルバイト、それも、雑役が多かった。

競馬場で働く

東販の倉庫で働いたこともある。飯田橋駅前に、運転靴持参で集合し、倉庫で、返品の雑誌の整理だった。山積みの雑誌を、二十冊ずつ束にしていく仕事だった。日給制で、昼食つきだった。そこで働いていると、潰れる雑誌の予想がついた。山のように、返品されてくるからである。印象に残っているのは、総評の出していた週刊誌だった。

自宅近くの府中競馬場で、警備員をやったこともある。土日だけの仕事だが、日給は五百円。重賞レースは百円のボーナスがつき、日本ダービーの時は、二百円のボーナスがついた。

まだ、馬券売り場が、コンピューター化していなくて、馬券は、それぞれの窓口でしか買えなかった。

客は、売り場のそれぞれの窓口で、予想する馬券を買う。対応するのは、これ

1961年の第28回日本ダービー。当時、戦後最高の人出だった

もアルバイトの女性たちだが、いずれも、十年、二十年の勤続者だった。

窓口の内側では、釣りを用意して、女性たちが働いている。その釣りの束を、いきなり、窓口から手を突っ込んで、奪って逃げる事件が、私が働いている時に、二回あった。

警備員は、いずれもアルバイトで、男子大学生が殆(ほとん)どで、私のような三十代の一般人は、少なかった。

監視カメラもなく、強盗を捕まえるのは、大変だった。何しろ、馬券売り場は、人であふれている。強盗が、その群れの中に逃げ込むと見つけるのが難しかった。だから、アルバイトの警備員を多数採用していたのだ。私たちは、逃げた強盗を探し回ったが、捕まったかどうか、わからなかった。

競馬場で働く人間は、アルバイトでも、馬券を買うのは禁止だったが、それでも、妙な噂が流れてくることがあった。何レースの本命の馬は、実は、右前脚が故障しているといった噂である。誰が流すのかわからないが、アルバイトの間に、広がるのである。あれを信じて、馬券を買ったら、儲かったのだろうか。それとも、損したのだろうか。

探偵になる

アルバイト荒らしみたいなこともやった。

当時、生命保険会社の勧誘員募集が、年中行われていた。

その会社の広間に集合し、保険についての講義を聞くと、二百円の交通費が貰えて、食事が出るのだ。

そのあと、勧誘員をしていない人は、何月何日、保険会社に来るようにいわれるのだが、別に強制では、なかったから、何回か、二百円と食事のために、講義を聞きに行ったことがあった。

今から考えると、勧誘員を集めるのが大変なので、定期的に、募集を繰り返していたのだろう。

一番記憶に残っているのは、都内の探偵社である。

作家になろうと、人事院を辞めたのが、一九六〇（昭和三十五）年で、探偵社

臨時人事委員会の同僚との慰安旅行。退職後は、職を転々とすることに。右端が筆者

で働くようになったのが、六三（昭和三十八）年、三年間たっていた。つまり、三年間、作家の手掛かりさえ掴めずにいたということである。

新聞に「探偵員募集」とあった。固定給一万二千円。その他、歩合制あり、将来、幹部社員の道あり。面白いのは、筆記試験があるということだった。

人事院を辞めたあと、小型トラックの運転手とか、競馬場の警備員とか、筆記試験のある仕事とは無縁だったので、興味があった。

試験は、国語の試験と、探偵心得みたいなものだ。

国語の方は、調査依頼があった時、探偵員は報告書を書く必要があるからだろう。もう一つの試験の方は、考えさせる楽しさがあった。

「尾行の時に探偵員が注意すること」といった質問だった。何とか考えて答えを書いて、採用されたのだから、間違ってはいなかったのだろうが、入社してから探偵の実務を教えられると、そちらの方は、少しばかり違っていた。

例えば、夫の浮気調査が、妻から依頼があった場合、当然、尾行調査が行われるのだが、その時に、心得ておくべきことの答えは、入社試験の答えとは、違っている。

私たちには、日本における探偵員の立場や身分がわかっていないからである。

探偵の心得

例えば、日本では、探偵員（私立探偵）は、免許制ではない。従って、誰でもなれるのだが、その代わり、保証はされていない。一般人と同じである。アメリカのように武器も持たない。

そこで、一番の問題は、尾行している相手が万引といった犯罪行為をした時である。アメリカなら逮捕してもいいし、尾行を続けても構わないが、日本の場合は、直ちに尾行を中止し万引をすぐ、警察に報告しなければならないのである。素行調査は、中止なのだ。

もう一つ、探偵員が第一に教えられるのは、その倫理観だった。

調査依頼の殆どが、人間や、企業の秘密調査だからである。

どんなに高額な報酬の秘密調査を調べても、探偵員が手にするのは、全体の20%である。

1950年代の私立探偵相談所

　しかし、調査対象の人間や企業から入手した秘密を使って脅迫すれば、数百万円、秘密の種類によっては、一千万、一億円でも、手に入るのである。

　私が働いていた探偵社でも、その誘惑に負けた探偵員二人が、数百万円で、依頼主を脅迫して逮捕された。

　探偵員は刑事のような調査状は、持っていないから、さまざまな手を使う。その一つが名刺である。私の働いていた探偵社は、一人五十～六十枚の名刺を作って持っていた。新聞記者、テレビ局員、税務署員などのニセ名刺である。

　もう一つ、尾行の場合の心得として、車を使う時、相手の乗っている車より、幅の小さい車を使うことというのがある。相手の車が、細い道に入った時、相手より大きな車では、入って行けないからである。

もう一つ、探偵員は、自分たちのことを、インテリヤクザと、いっていた。確かに、フレッシュマンといった探偵員は、いなかった。依頼の殆どが、人間や会社の秘密調査だから、人生経験の多い方が、やり易いし、経験の少ないフレッシュマンでは、務まらないから、自然に、インテリヤクザを自称する人間の集まりになってしまうのだろう。

ついにデビュー

探偵社で働いている中(うち)に、第二回オール讀物推理小説新人賞を受賞した。短編の賞だったが、私はすぐ、探偵社を辞めた。この賞の受賞者には、単行本一冊を出す権利が、与えられる決まりだったからである。

私は、すぐ、聾(ろう)問題を書くことに決めて、東京・江東区にある聾学校に取材に出かけた。

そこで、さまざまな問題を知った。

聾者はいるが、聾唖(ろうあ)者はいない。

一九六三(昭和三十八)年頃の日本では、手話をなるたけ使わないように教育していた。他人から、すぐ聾者とわかってしまうからだと、教えられていた。

手話を使わず、健常者と同じように会話させるというのである。となると唇を読む以外になかった。発音もさせる。

それを見れば、聾者と気付かない。しかし、教育現場は、混乱していた。唖者ではなく、正しくは、聾者だからである。

耳が聞こえない相手に対しては、一番いいのは、手話である。手話を使えば、話を交わせるのである。聾者と気付かれないために、唇を読むのは、大変である。相手が、唇を隠しただけで、会話は不可能になってしまうからだ。

今は、手話は、許されている。交話の一つの手段だし、健常者が、手話を覚えることで聾者と意識を伝え合えるのだ。

聾者を主人公にして書いた「四つの終止符」は、田村正和初主演で映画化された。映画の題名は「この声なき叫び」。幸い、この映画は好評だった。

私は、映画化で、原作料が手に入り、次に江戸川乱歩賞に応募するための生活費になった。そのため、アルバイトもせず、原稿を書くことに、専念できた。社会派のミステリーは、まだ盛んだったので、私は、乱歩賞の応募にも、医療の問題を書くことにした。

サリドマイド薬害児の問題を書いた。受賞し、映画化の話も出たが、サリドマイド薬害児を守れという世論が強く、映画化は、立ち消えになった。

審査員を研究

この頃の江戸川乱歩賞には現在のように、巨額の賞金も、絶対に映像化という約束もなかった。ただ5％の印税が約束されてはいたが、さほど売れなかったため、印税も少なかった。

それで、懸賞小説に続けて受賞し、一つは映画化もされたのに、収入は少なく、税金は、還付されてくるありさまだった。

乱歩賞を受賞したので、雑誌から短編の注文があった。喜んで、すぐ一本書いて送ったが、編集長は、もっと、考えた短編を送ってくれと連絡してきた。

そこで、もう一つ短編を書いて送る。しかし、雑誌にはのらない。更に三作目を送りつけるが、同じく、雑誌にはのらないのである。結局、四作書いて送ったのだが、一編ものらなかった。その話を、森村誠一さんにこぼすと、彼も、乱歩賞受賞後、短編の注文があり、四作書いて送ったのだが、一編ものらないと、話

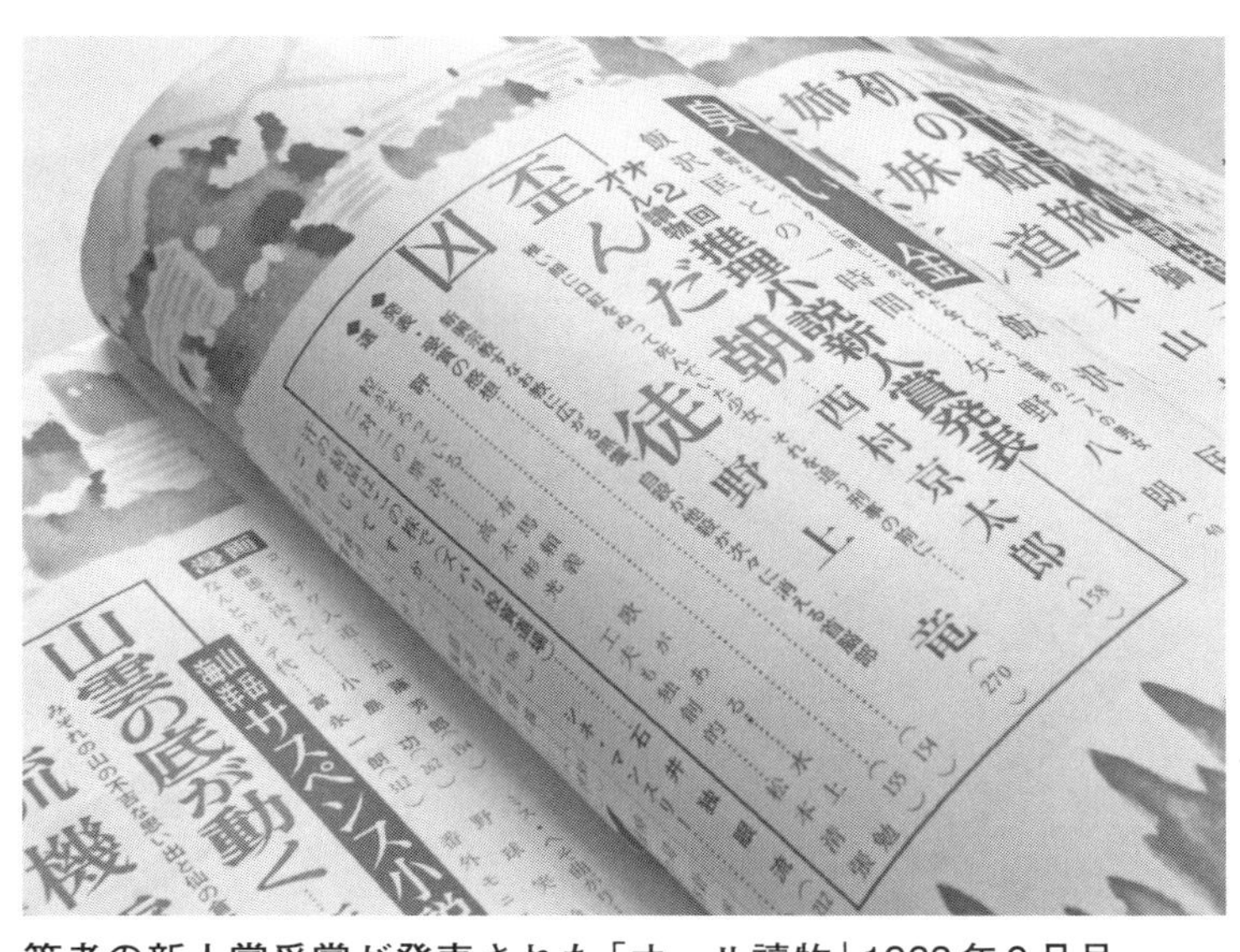

筆者の新人賞受賞が発表された「オール讀物」1963年9月号

してくれた。

これが、普通なのか、雑誌編集長が厳しかったのかはわからないが、私は、いぜんとして、税金の還付がある生活が、続いていた。

そんな時、総理府が、二十一世紀の芸術を募集した。

文学、音楽、演劇など、各部門の募集があり、各部門の一等賞金は、五百万円だった。賞金の大きさが話題になった。

佐藤栄作が総理大臣の時で、私は、この賞金目的で、応募することを決めた。

文学部門の審査員は、石原慎太郎、芹沢光治良、もう一人は名前は忘れたが、進歩的な女性作家の三人だった。私は、この三人の経歴、思想などを徹底的に調べ、彼等が気に入るだろう小説のストーリーを、研究した。

石原慎太郎は、二十一世紀の旗手を自任しているが、日本的なるものを愛し、西洋と日本の対比をしたがる。

芹沢光治良は、フランスに留学したことがあり、その在仏時代の経験に基づいて書いた小説「ブルジョア」を一九三〇年に発表した。とすれば、フランス的な洒落や批評が好きだろう。

三人目の女性作家は、現代を、アフリカの時代と捉えている。従って、この三人を満足させるような小説を書けば、当選するだろうと考えた。

考えた末に、家元制度を守ろうとする若い能役者を主人公とし、それに対立する若者に、アフリカにソーラー発電施設を建設に行く技術者、その二人を同時に愛してしまった若い女、そんな構成で、ラストは、アフリカの砂嵐の中で踊る若き能役者が、砂嵐の中に消えて行くといったわけのわからないストーリーで応募したら、計算通り一等に当選した。内閣総理大臣賞（＊3）よりも嬉しかったのは、賞金の五百万円である。江戸川乱歩賞を貰ってはいたが、とにかく本が売れなかったからだ。

この時の五百万円は、今の五千万円くらいだった。京王線の調布駅近くの土地が一坪十一万円の頃である。賞金の半分を母に渡し、京王線の代田橋駅近く（世田谷区代田）のマンションにひとりで住むようになった。

初ファンレター

これで、ゆっくり小説を書けると思い、その通りになったのだが、とにかく売

寝そべりながらの執筆

れなかった。

初刷りが、売れ残ってしまう。出版社が初刷りの冊数を減らすのだが、それでも売れ残ってしまう。

当時の売れっこは、ミステリーでは松本清張さん、時代小説では司馬遼太郎さんだった。買って読んでも、自分とどこが違うのかわからない。新人で売れれば問題はないのだが、たいがいの新人が悩むのは、何故、売れないのかということである。自分でもいい作品が書けたと思うのに、本にすると売れないのである。

そんな時、唯一、嬉しかったのは、生まれて初めて、ファンレターを貰ったことだった。絵ハガキに、作品は面白いと書かれ、今年の夏休みに北海道旅行を楽しんできましたとあった。ゴム印が押してあった。山村美紗という名前と、京都の住所と電話番号が刷られていた。その直後に、京都の女性とのお見合いの話があって、高校時代以来、二度目の京都に出かけた。

＊3　内閣総理大臣賞
西村京太郎氏は一九六七年に「太陽と砂」（講談社）で受賞。能楽師と、アフリカの砂漠改造プロジェクトに参加する技師。親友でありながら、対照的な生き方を選んだ男二人を同時に愛してしまう女。三人を軸に、伝統への不信、科学への懐疑、愛の不確かさの揺らぎを描いた。

お見合いの後

五十年以上の昔である。今のように、外国人の姿もなく、静かな町だった。当然、古都のしきたりも今より強く生きていた。駅近くのホテルで、お見合いの相手と会い、西陣近くの彼女の家に案内された。家族にも紹介されて、一応、上手（うま）くいっていたのだが、夕方になって、「晩ごはん、どうですか」と誘われた。有名な京の習慣である。夕食に誘われたのではなく、そろそろ夕刻なので、今日はお帰りになって、また明日という意味なのだが、私は全くわからず、「頂きます」と応じてしまった。とたんに、相手の女性は困ったような顔になるし、家の中も何となくさわがしくなってきた、私も何か変だなと気がついて、トイレに行くふりをして奥をのぞくと、お勝手で家人があわてて夕食の支度をしていたのだ。そんなことで、私の方も向こうも気まずくなって、お見合いは失敗したのだが、すぐ東京に帰る気になれないで、駅前のホテルに泊まって、京都見物をしてから帰

京都駅と京都タワー

ることにした。

ところが、翌日、小雨になってしまった。すぐ帰ることにした時、ファンレターのことを思い出して電話してみた。午後三時頃だったと思う。今、忙しいので、一時間ほどしたら会えるといわれた。私は、絵ハガキに「夏休みに北海道一周した」とあったので、てっきり女子大生と思っていたから、日曜日の午後三時に、どうして女子大生が忙しいのかと不思議な気がしながら、一時間後に会った。

傘をさしていて、いきなり「女子大生だと思っていたでしょう」と、笑われてしまった。この日は、コーヒーを飲んだだけで、私は東京に帰ったのだが、このあと、私は、女性と問題を起こして、東京を逃げ出す羽目になった。

私は、それまで東京以外に住んだことがなかったので、何処でもよかったのだが、京都という言葉に憧れ、全財産を持って京都に逃げた。

第六章
京都で考えたこと
～アメリカには不可解な独特世界～

京都に移住

京都に着くと、駅前の不動産店で、マンションを紹介して貰い、すぐ契約した。「東洞院通六角」にあるマンションだった。この時初めて、公文書以外には、京都では番地は必要ないことを知った。

南北の通りが、東洞院通りで、東西が六角通りの、その交わった場所にあるマンションである。京都の町が碁盤の目になっているから、これで、郵便屋も、タクシー運転手もわかるということなのだ。

この場所は、聖徳太子が祈願したことで有名な寺、六角堂があるところである。近くに生け花の家元の学校ビルがあることでも有名で、私が住むことになったマンションも、一階が生け花の花器の店で、二階、三階がマンションになっていた。

とにかく、何も持たずに逃げ出してきたので、四条通りのデパートで、必要なものを、手当たり次第に買い込んだ。何とか、住めるようにして、京都の第一日を始めた。同じマンションの住人には、お菓子を配ってあいさつした。京都の生活は初めてだが、東京と同じ、都会である。何とかなるだろうと思ったのだ。それが、大間違いだった。京都は外国だったのだ。京都人自身が、こういっていた。

「京都には日本人と京都人がいる」

京都の人は、観光客に優しい。また、しばらく住んでいても、帰って行く人にも優しい。

空から見た京都・六角堂

だが、これから住みつこうとする人には、厳しい。私は、いやでも、そのことを、知ることになった。

京都に来て、一番不思議だったのは、男も女も和服姿ではなかったことである。下駄(げた)も和傘も身につけていない。そこで、私は、下駄を買って、はくことにした。折から六月の梅雨の始まり、盆地の京都は、湿気が強く、素足で下駄は気持ちよかった。

　そのことを、山村（美紗）さんにいうと、「駄目。すぐ靴にしなさい」と叱られてしまった。

猫を飼う

「しかし家主も、いい下駄だとほめてくれたんだよ」というと、山村さんは「それは、皮肉なの。コンクリートのマンションに下駄だと音がうるさいから、他の住人は下駄をはいていないのよ。それに気付かずに下駄をはいていると、その中(うち)に追い出されますよ」。「どんな風に?」「自然にいられないようにするの」と笑っていうので、私は怖くなって、あわてて下駄を止(や)めて、靴にした。それを見て家主がいった。「あの下駄どうなさいました。ああ、失(な)くしたんですか。いい下駄も、音もよくて、惜しいことをしましたねえ」。多分、これも、京都人特有の皮肉なのだろう。

そのあと、山村さんから、シャム猫の仔(こ)を貰って飼うことになった。東京で出版社に用があって上京し、二日間京都を留守にしたが、猫には沢山(たくさん)、エサと水を用意しておいたので、まあ大丈夫だろうと思って、三日目の朝帰ったら、マンシ

愛猫と筆者

ヨンのドアが開かないのである。耳をすますと、中で、猫がか細く鳴いている。家主に話すと、「何があったのか調べてみます」といったが、しばらくすると「あなたが留守の間、猫が鳴いて、住人の皆さんが、心配しましてね。エサが無くて、ひもじいんだろう。お腹を空かして死んでしまったら、あなたが悲しむだろうと、皆さん心配して、エサを沢山買い込んできて、ドアの郵便受けから、中に押し込んだんです」。

「どの位の量ですか？」「皆さん、独立した方がたで、お帰りになる時間も、まちまちですから、相談も出来ずに、エサを、郵便受けから押し込んでいます。猫を助けたい一心で」「水もやったんですか？」「エサを投げ込んでも鳴き止まないので、のどが渇いているんだろうと、ビニール袋に水を入れて郵便受けから押し込んだ住人もいるみたいで」

結局プロを呼んで、ドアをなんとか開けて貰ったのだが、とたんに、全てがわかった。住人たちが、次々にエサを押し込んだので、郵便受けのカゴがこわれてしまい、下に落ちた大量のエサで、ドアに添って山が出来、そこに水を落としたのでエサが固まって、ドアが開かなくなってしまったのである。

ブルトレを書く

「何で、私に連絡してくれなかったんです？」と大家にきくと「皆さんあなたの電話番号を知りませんから」。「大家さんには、教えてありますよ」「私は、若狭の親戚に不幸がありまして、丸三日間留守にしておりました。その間に、こんなことが起きていることは、わかりませんから」といわれてしまった。結局、ドアの修理代と猫がショックで食欲を無くしてしまった治療代を払うことになったうえ、マンションの住人の一人一人に、エサのお礼をせざるをえなくなってしまった。

一方、仕事の方は、いっこうに、上手くいかなかった。いくら初版を少なくしても売れ残ってしまうので、一つの出版社がしびれを切らして「今までは、西村さんの書きたいものを書いて貰っていましたが、これから、まず案が出来たら話して下さい。こちらで売れそうなものだけオーケーを出しますから」と宣告されてしまったのである。屈辱だが、向こうも慈善事業ではないのだから仕方がない。

いろいろ考えて、二つの案を作った。一つは一九三二（昭和七）年の浅草が舞台のミステリーで、エノケンの活躍する時代のエログロナンセンス、もう一つは、当時子供に人気のあったブルートレイン（夜行寝台列車）が舞台のミステリーである。私は、昭和七年の浅草の方を書きたかったのだが、担当編集者には、一言の下に「浅草は売れません。ブルートレインの方なら、何とかなるかも知れません」といわれ、私は、東京駅からブルートレイン富士の個室寝台に乗って、取材することになった。ところが、助手につけてくれた若い編集者が酒好きで、東京駅で買ったウイスキーのポケットびんを、列車を待っている間に飲み出し、乗った直後に寝てしまった。仕方なく、私は、

ブルートレインを題材にして大ヒットした「寝台特急殺人事件」

翌日終点の西鹿児島駅に着くまで、ひとりで列車内を取材し、乗員が、どの駅で交代するのか、深夜どの駅から何人くらいが乗ってくるのか、翌日の新聞は、どの駅から載せるかなど、一つ一つ手帳に書き留めざるを得なくなった。おかげで翌日は眠くて仕方がなかった。

ところが、この時書いた「寝台特急（ブルートレイン）殺人事件」（光文社・一九七八年）が、売れたのである。

売れっ子に

私は、本が売れるということが、どんなことなのか初めてわかった。京都の料亭で出版のお祝いをしてくれたのだが、東京の出版社から、どんどん電話がかかってくる。その度に、同席した編集者が電話に出て「今、五万部増刷したそうです」「これで十五万部になりました」とか、嬉しそうに、私に伝えるのである。私はあんなに嬉しげな編集者の顔は、初めて見た。

そのあとも、驚きが続く。売れない頃は、小さな広告が一回新聞にのるだけだったが、今回は、新しくて、大きな広告がのり、「二十万部突破のベストセラー」とか、「五十万部突破、全国一位」の言葉が並ぶことになった。その反動というのか、どの出版社からも、トラベルもの、鉄道ものの注文が来るようになったが、私は、別に苦にならなかった。売れることが、嬉しかったからである。

年収が幾何級数的に増えていった。四百万から五百万円ぐらいが平均で、時に

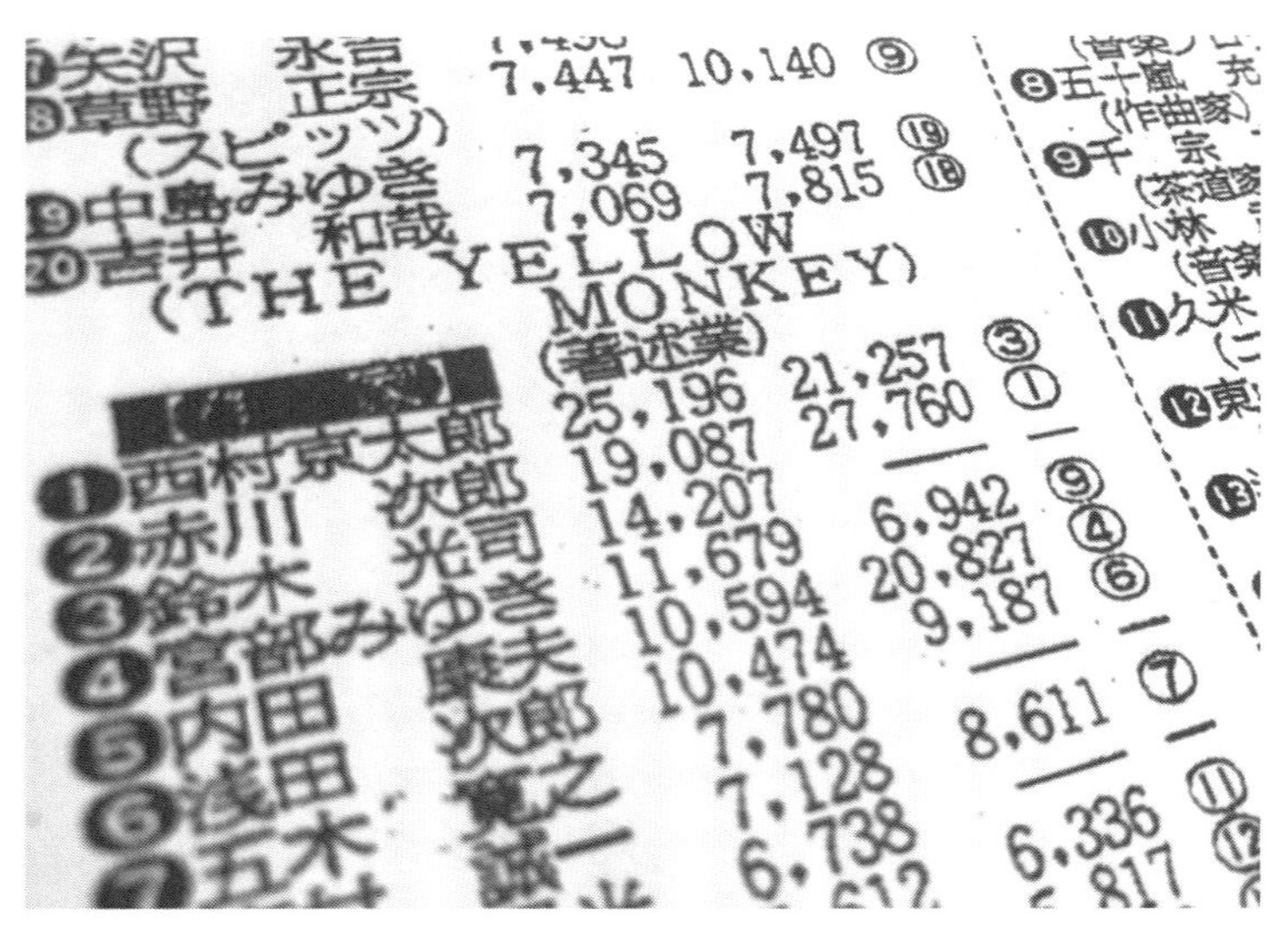

⑧草野　正宗　7,447　10,140　⑨
（スピッツ）　7,345　7,497　⑲
⑲中島みゆき　7,069　7,815　⑱
⑳吉井　和哉
（THE YELLOW MONKEY）
（著述業）　21,257　③
【作家】　25,196　27,760　①
①西村京太郎　19,087
②赤川　次郎　14,207　6,942　⑨
③鈴木　光司　11,679　20,827　④
④宮部みゆき　10,594　9,187　⑥
⑤内田　康夫　10,474
⑥浅田　次郎　7,780　8,611　⑦
⑦五木　寛之　7,128
　　誠一　6,738　6,336　⑪
⑧五十嵐（作曲家）
⑨千　宗（茶道家）
⑩小林（音楽）
⑪久米
⑫東

1999年5月、高額納税者のランキングを報じた紙面。作家部門の1位に筆者の名前がある

は、税務署から還付金が戻っていたりしたのだが、それが、五百万が一千万になり、五千万になり、一億円になり、二億円、三億円と増えていく。私は、京都に住んでいたので、関西地区では、長く司馬遼太郎さんが作家部門の一位だったのを追い越し、次には、全国一位になった。

この頃、山村（美紗）さんも、売れっ子の作家になっていたが、私に忠告してくれた。「京都の人たちは、西村さんがマンション住まいだから、いつか、東京に帰って行く人と見ているの。帰って行く人には親切だけど、仲間とは思ってくれないから、永住する気なら、京都の市内に、家を買って住みなさい」と。それまで、京都のこと、どう住んだらいいかを教えてくれていたので、東山区内の料亭を買い、改造して住むことに決めた。隣がその別邸だったので、山村さんがそこを買って、住んでくれることになった。

山村さんの忠告は、本当だった。清水寺の裏に当たる場所なのだが、清水寺の貫主が正月のあいさつに寄ってくれたり、同じ正月には関西歌舞伎の役者さんが、手拭いを持って、あいさつに来るようになった。京都年鑑に名前が、のるようになった。

旦那の誘い

今はないが、私が京都にいた頃は、毎年「素人顔見世」という興行があった。プロの顔見世があって、東京の役者もやってきて、一カ月あまりの興行が南座で行われる。その楽日の次の日一日だけ、南座を借り切って、同じ演目を素人が集まって演じるのである。知事や、市長、日本料亭の主人、古い信金の理事長、MKタクシー（＊1）の社長などが集まるのだが、それに、作家として、私と山村（美紗）さんにも、出演要請が来たのである。

舞妓(まいこ)さんの旦那になりませんかとも誘われた。

いずれも、お金のかかる話なのだ。それも、大金である。例えば、一番金がかかるのは、舞妓を身請けして、旦那になることだが、お茶屋のおかみさんに、いくらかかるのか聞いてみたら、「昔は、お城を一つ傾けるくらい（だから傾城という）、今なら、大きな会社を一つ潰(つぶ)すくらいかしら」と、いわれてしまった。

素人顔見世に子役で出演した筆者（右）

細かくいえば、まず身請けのために置き屋に三千万円。それで舞妓から芸妓になるのだが、住まいにマンション。それも、高級マンションでないと、旦那の名前に傷がつくから一億円くらいか。着物は毎年新しく作る。生地が一着百万円、染めに百万円、それに帯は西陣とすれば、これも百万円、春と秋に、歌舞練場（劇場）で、踊りと芝居があるから、その時にいい役を用意しなければならない。それにも、お金がいるのである。その他「一年に一回くらい世界旅行に行かせないとね」と、おかみさんはいう。それに誘われたのだが、自分が身請けする舞妓さんを、その前に、時々「ごはんたべ」

に連れていかなければいけないのである。私は嬉しくなってひとりの舞妓を吉兆（＊2）に、ごはんたべに連れて行ったのだが、実は、その時、おみやげにブランド物のバッグぐらいはプレゼントしなければいけなかったのである。舞妓さんと二人でのごはんたべが嬉しくて、肝心のことを忘れてしまったのである。それを聞いた山村さんに冷たくいわれてしまった。「西村さんに、旦那は無理ね」と。

おかげで、全財産を投げ出さずにすんだのだが、「素人顔見世」だって、お金はかかる。一日だけの南座の借り切りだが、それには、三千万円はかかるのである。

＊1　MKタクシー
京都市に本社を置くタクシー会社。乗務員が降りて客のためにドアを手で開けるなどの丁寧な顧客サービスなどで知られる。京都のほか札幌、東京、名古屋、滋賀、大阪、神戸、福岡にも展開。

＊2　吉兆
創業一九三〇年の日本料理の老舗料亭。

町衆の意気

歌舞伎役者をひいきするのだってそうだ。出演があれば、御祝儀を持って、楽屋見舞いに行くことになる。襲名披露となればもっと、御祝儀は必要だ。どれもこれもお金が要るから、一見すると、金持ちのしようのない無駄遣いに見える。そんな仲間に入れて貰って、何が嬉しいのだといわれそうだが、よく考えてみると、これは全てお役所（国）から一円の支援も受けていないのである。つまり、京の町衆の心意気を示す遊びなのだ。

だから、一日だけの素人顔見世に、喜んで、三千万円を出す。一日だけの出演のために、二週間の練習もする。当時の若手の歌舞伎役者、片岡孝夫や、片岡秀太郎に、叱られながら喜々として稽古をしている、いい年令をした京都の会社の社長や、有名料亭の主人たち。意識している、していないにしろ、誰もが、自分たちのお金、自分たちだけの力で、遊びという行事をやっているのだ。心意気を

京の夏を彩る祇園祭の中心は7月17日の「山鉾巡行」

示しているのだ。

京都の伝統の遊びとか、歴史的な行事というのは、国や地方団体の力と資金を借りずに、自分たちだけでやろうとすれば、とにかく金がかかるのだ。

京都は、平安の時代から、権力者の争いで苦しめられ、時には、焼かれて荒廃してきた。それを、町の人々、いわゆる町衆（＊3）の力で取り戻したのが「祇園祭」だというのは、よく知られている。町衆だけでは、当然、金がかかる。そして、もう一つ。その精神を支えるのが歴史だ。祇園祭の始まりは、八六九（貞観十一）年とも九七〇（天禄元）年ともいわれ、九七五（天延三）年という説もある。いずれにしろ、千年以上の歴史があるということなのだ。千年以上、町衆が、守ってきたということになる。私は、せいぜい二十年だから、祇園祭に町衆の一人として、参加は出来(でき)なかった。

国税を払い、住民税を払い、それなのに、町衆になれない、祇園祭に町衆として参加させて貰えないことに不満を感じ、歌舞伎の後援や、素人顔見世に金を使い、舞妓の身請けに大金のいることにびっくりしていたが、今になると、何パーセントかはわからないが、京都人として、仲間として扱って貰えたのだとわかってきて、嬉しさを感じている。

＊3　町衆
中世末、主に京都の町に居住し自治的な生活共同体を営んでいた商人や手工業者。祇園祭等の行事を運営、能や茶の湯などの文化の担い手にもなった。

古都税騒動

京都に住むようになった時、私はなぜか、ホテル、旅館、料亭、土産品などに、それぞれ格差があることを、覚えるように忠告された。中には、日常食べる豆腐でさえ、一番が森嘉（＊4）だと覚えさせられた。最初は、馬鹿らしく思えた。京都人の事大主義だと思った。しかし、二十年も住んでいると、日本人ではなく、京都人になるために必要なことなのだとわかってきた。もっと、ざっくばらんないい方をすれば、これは、京都人になるための入学試験みたいなものだったような気がしている。

日本の大都市の中で、一番民衆の力が強いのは、京都ではないかと思うことが、二つあった。一つは、税金である。私がいた頃、市と寺が、古都税（古都保存協力税〈＊5〉）でもめていた。京都の寺の多くは、一般の檀家寺ではなくて、観光寺である。清水寺や苔寺が、そのいい例だろう。市が、古都税を導入すると、

ゴールデンウイークの連休で超満員の「苔寺」(西芳寺)

寺はそれに反対して、戦いが始まった。市に対抗する寺側の戦いは、ユニークだった。ただ単に古都税の導入反対を叫ぶのではなく、観光都市らしく、反対の観光客だけ、寺が受け入れることにしたのである。賛成のホテルがあると、そこに泊まった客は寺が受け入れないのである。当然、観光客も騒ぎ出し、観光業者も文句をいい始めた。市側は、必死に説得しようとしたが、寺側がウンといわない。

この争いは長引きそうだと思っていたら、突然「サンダンさん」なる人物が登場したのである。私は今でも、どんな人物なのかどんな字を書くのかわからないが、政府や市の人間ではないことだけははっきりしている。それなのに、新聞などは、サンダンさんが出て来たから、もう解決は近いと書き、その通り、市側が古都税を引っ込めて、騒動はおさまってしまったのである。

＊4　森嘉
江戸後期の安政年間創業、京都嵯峨野にある豆腐の老舗名店。

＊5　古都税
一九八二年、京都市が文化財保護の財源にするために打ち出した観光社寺の拝観料に上乗せすることで徴収する古都保存協力税の略称。信教の自由を侵すとして猛烈な反対が起きたが京都市側は三年後に導入。有名寺院等が拝観停止で抗い、一九八八年に廃止となった。

京の病院事情

もう一つは、京都の医の世界である。何といっても京都では、京大病院、京大医学部が大きいが、なぜか、京都の人々はこの病院をあまり信用せず、民間のT病院に診(み)て貰うのである。

私は皮膚病になった時、京大病院に診て貰ったのだが、京都人が京大の医学を信用しない理由がわかった。もちろん、京大の医学部の医術は優れているだろうが、大学病院らしく、まず若いインターンが出てきたのである。皮膚病は経験物いう病気である。経験の乏(とぼ)しい若い医者だから、写真集を取り出して、症状に似ているものを探してそこに書かれた薬を出すのだ。そんなことで私の皮膚病が治療できる筈(はず)がなかった。

しかしこうなって困るのは、京都の医学界を京大医学部が支配していることなのだ。大きな病院の院長の多くが京大医学部卒だから、セカンド・オピニオンが難しいのである。

こんな時京都の人たちはどうするのか、調べてみた。金持ちなら東京の名医を探す。広い東京は東大医学部の独占ではないから、いろいろな大学卒の名医がいる。名医が見つかったら、日曜日に京都の観光旅行に招待する金はいくらかかっても構わない。その時に、特別に診て貰うのだという。私は、出版社に頼んで、東京の皮膚病の名医を探して貰った。引退した名医がいるという。私は、自分の方から東京に行って、この名医に診て貰ったところ、あっという間に治ってしまった。もちろん、お礼はした。

京都暮らしも慣れてきた筆者

こんな話も、京都という町の特徴を、よく表していると、私は感じるのだ。簡単にいえば、コネ社会である。

日本には、中国や朝鮮のような科挙(かきょ)の制度はなかった。科挙は隋代に始まった官僚登用試験制度である。清の一九〇五年まで続いた。これには欠点もあって、唐代の詩人、杜甫(とほ)(＊6)は、科挙に落ちたため都を追われ、江南を放浪している。日本は科挙制度がなかったため、その代わりになったのは、コネである。コネと引きである。

＊6　杜甫
七一二〜七七〇年。唐代の代表的詩人。青年時代から各地を放浪。現実社会とそこに生きる人間を直視することから生まれる力強い詩作で知られた。詩聖と称された。作品に「兵車行」「北征」「秋興」「春望」など。

コネ社会再び

戦後すぐの一九四八（昭和二十三）年に、アメリカが新しい人事制度「国家公務員試験」を持ち込み、役人の世界に、試験制度（科挙）が実施されるようになった。これで、役人の世界だけでも実力の世界になったと考えるが、国家公務員試験の実施官庁にいた私の感じは、少し違う。

この試験の受験資格は、キャリア官僚だと大学四年卒業だが、アメリカなら、大学中退でも、高卒でも、小卒でも実力があれば受験できるだろう。しかし日本の場合は、大学四年卒業の資格が必要である。更に、役人（公務員）になったとしても、各省の最高の地位は次官で、これは一人だけだ。その先は、政治家になるよりしかたがない。現内閣の総理や官房長官や、各大臣の引きが必要なのだ。

それならいっそのこと、コネ、引きの世界の方が、はっきりしている。その典型的な町が、京都である。お茶、生け花、踊りなどは、家元制度が厳然と生きて

都をどりが開幕、芸妓、舞妓が一斉に踊る総踊り

いて、歌舞伎も、一種の家元制度である。

歌舞伎は、東京と関西に分かれているが、制度は同じだ。最近は他の世界から才能のある若手を採用したりもしているが、名門に生まれれば、将来が約束されていることは、昔と同じである。そのおかげで歌舞伎の芸が守られてきたのは事実だが、古い制度であることも、事実なのだ。お茶、生け花、踊りの世界も同じである。

一般社会にコネが生きていることも、事実である。私は、こんな体験を京都でした。東山の家の裏が国有林で、嵐になると古木が倒れてしまう。それを片付けてくれと営林署にいくら陳情しても、予算がない、人手が足りないといって、片付けてくれない。そんな時、総理大臣が、京都の有名なクラブに遊びに来たことがあった。その時私もそこにいて、総理の秘書が、何か困ることがあったら話してくださいというので、裏山の国有林の話をしたら、二、三日後、朝眼を覚ましたら裏山に十五、六人の作業員がいて、あっという間に、倒れた古木は消えてしまった。典型的なコネである。このケースの大きいものが、四国の大学の獣医学部の認可の話だろう。

一見さんお断り

こうした話の一番の問題は、日本人が、さして大きな不正と考えていないことである。けしからんと怒るより、自分もお偉方とコネがあればいいなと思ってしまうのである。

この変形が、テレビ時代劇の「水戸黄門」である。ある所に、貧しくていじめられている人間がいる。金も力もないから、どうすることも出来ない。ところがある日、黄門さまとコネが出来る。さっそく黄門さまと印籠の大暴れで、たちまち苦労は解消してしまう。拍手喝采だが、よく考えて貰いたい。たまたま、黄門さまとコネが出来たからよかったのであって、コネが生まれてなかったら、永遠に、苦しみは続くのである。

同じようなストーリーの「暴れん坊将軍」も「桃太郎侍」も同じである。身分をかくした将軍さまや、天下無敵の桃太郎とコネが出来たので、救われるのであ

水戸駅前にある水戸黄門の銅像

る。従って、コネが出来なければ、救われないのだ。

京都はあらためて典型的なコネ社会だと思う。コネを悪いとは思わない。というより、コネを大事にする社会なのだ。

といって、コネを欲しがるわけでもない。よく考えれば、京都はコネが出来あがっている町だから、強いて欲しがる必要もないのだろう。その典型的な例が、京都によくある「一見さんお断り」の看板である。これをいい換えれば「コネのない人お断り」である。

京都以外の町の場合「一見さんお断り」の言葉は、さほど強い意味は、持っていない。暴力団は困るので、その代わりの看板の場合も多いし、看板を無視して店内に入っても、追い出されることは、まず無い。

その点、コネ社会の京都は、まじめである。特に、花街のお茶屋さんの場合、本当に、一見さんお断りである。コネが無ければ入れない。その代わり、コネが出来れば、歓待してくれる。

お茶屋の作法

私がいた頃のお茶屋の仕組みは独特で、遊んだ日には料金は受け取らず、客が支払おうとしても「お客さんを信用しているので、今日は、お支払いについてはご心配なく」という。コネが出来たら、あなたを信頼するという意思表示である。もちろん、後から請求書が来るのだが、客は信頼されたことに感動する。コネ社会京都のいいところなのだが、客の方も気を使わなければいけないところも、京都なのである。

客が三人、舞妓二人と芸妓が一人で、一時間遊んでいくらぐらいかと客が聞くと、お茶屋のおかみさんは十万円と答える。客はそれだけでいいですかと念を押す。おかみさんは微笑して「結構ですよ」と答え、そのあと、十万円の請求書が来て、客が支払って終わりである。

ただ、この十万円の他に、舞妓と芸妓へのご祝儀を考える必要がある。ご祝儀

観光客には近寄り難いお茶屋

をあげなくても、別に、間違いではないのだが、多分、気が利かないと思われるだろうし、他の言い方をすれば、ヤボといわれるだろう。特に舞妓さんは、置き屋にいて衣食住はタダだが、給料は無いし、お座敷に出てもお金は貰えないから、舞妓さんの唯一の収入は、お客のご祝儀だけなのである。それを知っていてご祝儀をあげれば、完全なのだ。

その額について、悩むことはなく、お茶屋のおかみさんに相談すればいい。おかみさんは、ご祝儀袋を用意していて、お客が「一万円ぐらいでいいか？」と聞いても「そんなにあげることはありません。三千円でいいですよ」と、ちゃんと、適正な数字を教えてくれるのだ。その上、おかみさんは、ご祝儀袋をそっと、舞妓の胸元に入れたあと「これは、あのお客さんから」と、教えてくれる。そして、舞妓さんがニッコリして「お客さん、おおきに」。これで、お遊びは完結である。

少しずつ京都に慣れていったのだが、六十代に入って、脳溢血で倒れてしまった。朝、眼を覚ましたら、左手が失くなっていた。文字通り、そんな感じだった。

倒れる

とにかく、一一九番して、入院した。

脳溢血で倒れると、右半身か左半身のどちらかが動かなくなるというが、私は左半身が麻痺（まひ）してしまったのだ。心配して、編集者が沢山見舞いに来てくれたが、私の右手が動くとわかると「何か書いてみて下さい」と万年筆を持たせて、じっと見ている。

何か書いてといわれると、とっさに書くものが見つからない。俳句でもやっていたら、倒れた心境を五・七・五に書いて見せるのだが、それが出来なくて迷っていると、編集者は不安そうに見ている。ワープロを使う作家が出始めた頃で、パソコンを使う作家はまだ現れず、ほとんどが手書きの頃である。右手が使えないとなれば、今までのようには書けない。そう断定されてしまうだろう。

迷ったあげく、一番書き慣れた文章を書いた。京都の現住所である。「京都市

60代後半のころの筆者。倒れた後、長い療養が必要だった

東山区清閑寺霊山町——」。倒れる前、毎日のように郵便に書いていたから、さらさらと書ける。当たり前である。とたんに、見守っていた編集者たちは笑顔になって「ほっとしました」「もう大丈夫ですね」「実は社に仕事があるので」と、皆さん東京に帰ってしまった。

現金な奴らだなと苦笑したが、私の方も、ほっとしていた。これで、今まで通り作家でいられると思ったからである。

しかし、完全に今まで通りというわけにはいかなかった。リハビリが必要だから、仕事の量は減った。杖をつかないと歩けない。病院では、手足のリハビリの他、言語のリハビリも始まったからである。

肉体のリハビリの方は、大変ながら楽しくもあったが、言語のリハビリの方は辛かった。半身不随になると、口も半分が不随になってしまうのを初めて知った。大げさにいえば、口がゆがんで上手く喋れないのである。黙っていると、相手をバカにするような顔付きになってしまう。仕方なく、入院中は、口を押さえるようにしていたし、人と喋る時は、いちいち半身不随の説明をして、決まって、あなたを嘲笑しているわけじゃありませんからと断っていた。

つらいリハビリ

また、記憶の一部が消えてまだらになるということで、毎日、記憶力のテストが始まった。中年の女医さんが担当した。小柄な、冴(さ)えない女性だったが、一番嫌だったのは、ノートを構え、毎日同じ質問を繰り返してチェックしていくことである。「今日は何日ですか？」「あなたの名前をいって下さい」「総理大臣の名前わかりますか？」「一個十円のりんごを十個買いました。合計いくらでしょうか？」――毎日、全く同じ質問をし、チェックするのである。私はだんだん、バカらしくなり、そのうちに、腹が立ってきた。女医さんの無表情にも腹が立った。

今日「一個十円の―」と聞かれて「八百六十二円」と答えたら、相手はびっくりして怒り出すかと考えて、訓練室に出かけて行った。女医さんは、いつものように向かい合う。いつも女医さんが先に来ていた。屈辱的なリハビリがすむ頃には、看護師が先に迎えに来て、病室に帰るのである。

療養生活で、神奈川・湯河原に移住した

だが、この日は、訓練が始まる前に、女医さんに呼び出しがあった。「ごめんなさい」といって、女医さんが立ち上がった。私はその時初めて、彼女の立った姿を見たのだが、とたんに、彼女の身体が、がくんとゆれたのである。がくん、がくんと身体をゆらせながら部屋を出て行った。否応（いやおう）なしに、彼女が、私と同じ半身不随と気付かされた。多分私より悪く、リハビリをしても、あの程度までしか戻らなかったのだ。その後、女医さんは他の病院に異動した。

私は、三カ月リハビリを受けたあと「これ以上は、この病院ではなく、温泉治療をして下さい。今のところ湯河原の厚生年金病院か、伊豆の慶應大のリハビリセンターが受け入れてくれますから、どちらかに決めて下さい」といわれ、私は、新幹線の停車する熱海駅に近いということで、湯河原を選んだ。

湯河原へ移住

その時点では、京都に戻ってくるつもりだった。だが、その時東京でゼンソクの持病のある山村（美紗）さんも、一緒に京都を離れたのだが、東京の帝国ホテルで急死してしまった。娘さん二人も結婚して東京に移住し、私が京都にいることもなくなって、湯河原に転居することにした。

京都に住んでいたのは、二十年。今、京都と京都人は、いろいろな意味で注目され、京都人自身、自分たちを「京都人」という特別な人間と考えているように見える。何百年もの歴史の中に生きてきた彼らに対して、たった二十年の私は、完全にヨソモノである。ただ、他のヨソモノに比べれば、少しは京都人らしくなれたのか（正確にいえば、同じ京都人として扱って貰えたのか）、それとも少し変わったヨソモノだったかを、ゆっくり考えてみたい。

京都は百万都市（正確には百四十四万一千人・二〇二四年　※京都市の人口）

舞妓さんとバーで飲む筆者と山村美紗さん

で、年間の観光客は五千万人と大きな町である。行きたい所はいくらでもあるし、歴史も千年と長い。それが住人になったとたんに、小さく、せまい町に変貌するのである。

私が住んでいたところは、東山区清閑寺。清水寺の裏で、お寺の多い場所である。八坂神社と清水寺の間で、八坂から二年坂、三年坂を抜けて清水寺に出るので、年末から新年にかけては、初詣の人々で、家の前の通りは賑(にぎ)やかである。

京都に花街は五つあるが、私の家の近くはそのうちの一つで、祇園甲部と呼ばれる所だった。

花街はそれぞれ独立していて、舞妓や

芸妓がいて、置き屋、お茶屋、歌舞練場（劇場）がある。春には、一斉に春のお祭りがあるのだが、独立していて、踊りと芝居もほぼ同じ物なのに、都をどり、北野をどりと名前も違い、ずらして催される。観光客ならどの花街で遊んでもいいし、お茶屋さんも自由、呼ぶ舞妓、芸妓も自由である。

花街のしきたり

しかし、住人になると、遊びにも規則が生まれてくる。いや、規則ではなくて、しきたりでもない。一番実際的にいえば、遊ぶ側の礼儀といえばいいのだろう。

私は、最初に祇園甲部の都をどりに行き、祇園甲部のYというお茶屋で、祇園甲部の舞妓さんと芸妓さんを呼んだ。次に、何処(どこ)の花街で遊んでも自由である。Yさん以外のお茶屋を使い、別の花街の舞妓や芸妓を呼ぶのも自由である。それを禁止する規則もない。が、礼儀があるのだ。その上この礼儀が、やたらに細かい。一度、お茶屋Yさんを使ったら、ずっとYさんを使うのが、礼儀なのだ。祇園甲部に、何軒もお茶屋があるのにである。

もし、その礼儀を守らなかったら、どうなるのか。別に、どうにもならない。笑顔で接してくれる。ただこんなことをいわれる恐れがある（私も、いわれた）。

「最近、お見えにならないので、ご病気じゃないかと心配しておりましたのに、先日、××でお見かけして、ああお元気なんだと、ほっと致しました」

もう一つ、これは、礼儀ではないのだが、友人が京都に来る時には、すぐ帰る場合はいいが、京都の夜を案内したい場合は、ホテル、旅館は一応名前の通ったところにするのが、無難である。お茶屋やクラブでは、たいてい「何処にお泊まりですか？」と、聞かれるからだ。舞妓や芸妓、ホステスは、初めてのお客、他所(よそ)からのお客を値ぶみするのに、何処に泊まっているかを基準にするからである。

駅前のビジネスホテルは、最悪である。「便利なところにお泊まりですねえ」と、ニッコリされるが、「そういうところに泊まるお客なのだ」と、思われてしまうからだ。

着物を着て、お茶屋や料亭に食事に行くのは、危険である。特に女性は。私の知り合いの女性は、京都に行き、夕食に有名な料亭に行ったところ、着物にそっと触られて、気分が悪くなったという。

着倒れのまち

大阪食い倒れ、京都着倒れというように、京都は、着物にうるさい。煙草屋の店番をしているお婆さん（今は見かけなくなったが）でも、着物を着るプロだから、うるさい。そのせいで京都の人たちでも、めったに着物を着ないのだ。まわりの眼がうるさいから、着ているのは着物姿を仕事にしている女性たちだけだが、他所のお客が着物姿で現れたら、どんな着物を着ているのか、興味を持つのが当然である。それも、いずれもプロだから、そっと触っただけで、生地も染めもわかってしまう。それが怖いから、京都人が着物を着るのは、祇園祭の宵山のユカタだけである。

つまり、京都に住むとなると、いたるところに礼儀が必要になるので、京の町が急に狭くなるということである。しかし、礼儀を守れば、そのお返しもある。そこが、京都の優しいところでもあり、ずるいところともいえる。不自由だが、

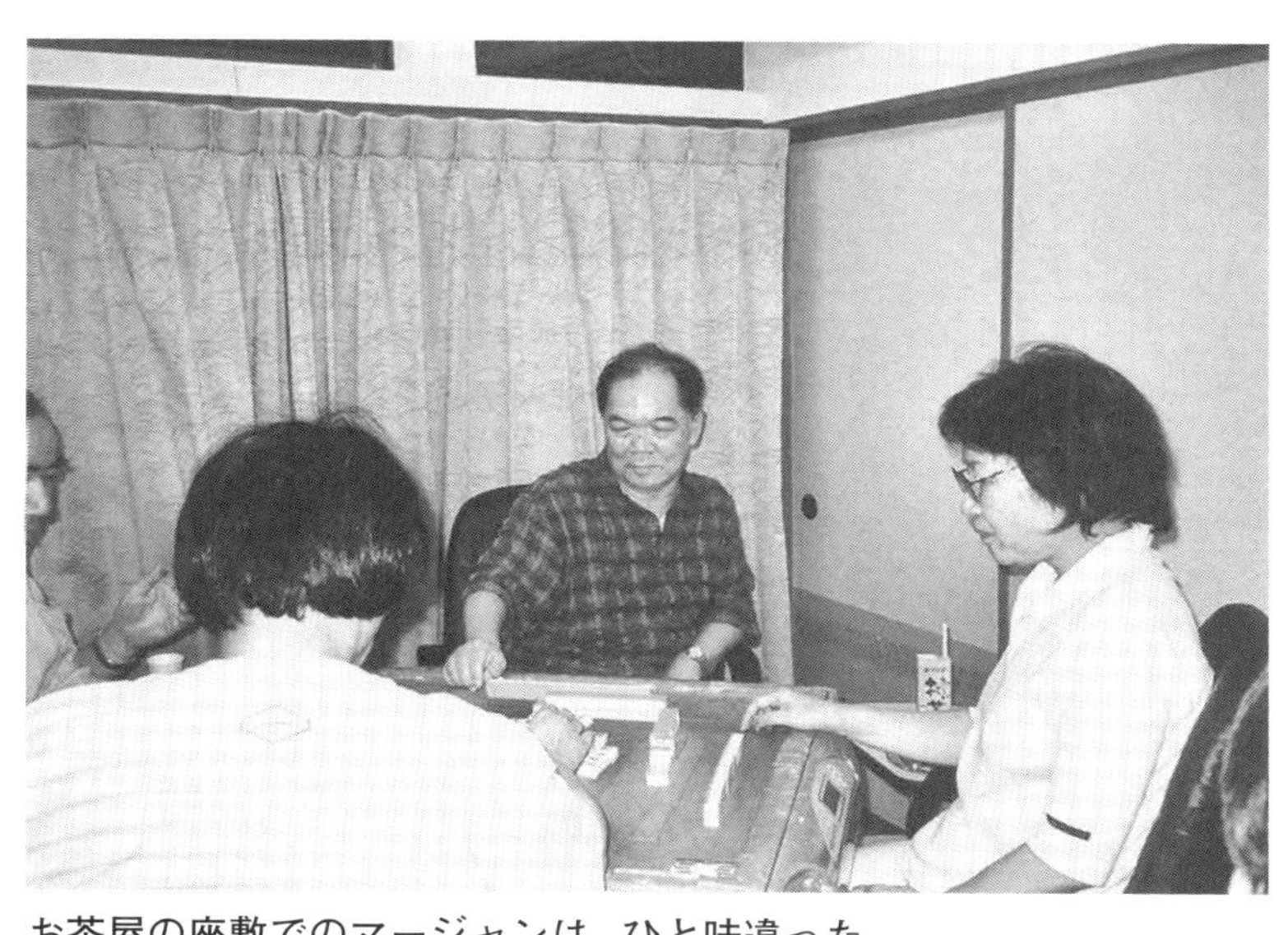

お茶屋の座敷でのマージャンは、ひと味違った

一つの料亭、一つのお茶屋を、義理がたく使っていると、必ず、嬉しいお返しがある。その料亭の休みの日でも、わざわざ、オーナーの茶室を使わせてくれて、料理も出してくれる。

お茶屋さんでは、奥の座敷で徹夜マージャンをやらせて貰ったことがある。ひいきの舞妓を呼んで、マージャンを見ながら「このお客さん、丸いものばかり集めていやはる（ピンズの一色か）」とか、「揃ってるのをわざわざ捨ててはる。何してはるの？（国士無双）」とか、茶々をいれて楽しませてくれるのだ。こんな時、京都人になったと錯覚して嬉しくなって、つい、ニヤニヤしてしまう。京都に住んで、町が狭くなったが、奥行きが深くなったとでもいうのか。

京都に住むようになって、まごついたことがあるので、それをいくつか書いてみたい。住人になったので、郵便を出しに、郵便局へ行くようになった。ポストへの投函以外に、窓口で送金することもある（私が京都へ行った頃は、自動ではなく、窓口でやっていた）。その窓口が、スローモーでいらいらする時もあるのだが、京都の人たちが怒るのを見たことがない。

京都式の皮肉

不思議なので、観察したことがある。近くの郵便局で、窓口の男は、誰が見てもスローモーで、東京の頃の私だったら、とっくに怒鳴っていた。そのうちに近くにいた中年の女性が、大きな声で喋り始めたのである。

それも、窓口に向かってではなく、隣の女性のお客さんに向かってである。「いつもここに来ると、のんびりしているんでつい眠ってしまうんですよ」という。話しかけた相手もそれに合わせて「そうですねえ。今度ここに来る時は、あみもの持って来ようかしら」と、これも声を大きくしていう。

明らかに、窓口に向けて皮肉をいっているのだが、直接本人に向かっていわないのが、京都らしい。この時は、窓口があわてて事務を急いだが、気がつかなかったら、どうなるんだろう？　京都人の山村（美紗）さんに聞いたら、気がつかない鈍感な人だという烙印(らくいん)を押されるだけだという。それなら、直接窓口の係に

平安装束をまとった葵祭の行列。何ごとが起きてもゆったり構えるのが京都人？

注意するか、怒鳴りつけた方が早いし、効果があるのにといった。

京都人は、自分が傷つくのが嫌なのだと、私は勝手に解釈した。東京人のように、窓口に直接文句をいえば手っ取り早いが、こちらも傷ついてしまう。嫌な思いをする。気が小さい人間だと、その郵便局に行きにくくなって、遠い郵便局へ行くことになる。その点、京都の場合は、勝手に世間話をするだけだから、自分は傷つかない。利口というべきか、ずるいのか、洗練されているのか。

それにしても、京都人の皮肉は難しくて、よくわからないことがある。山村さんとタクシーに乗った時、運転手の運転がやたらに乱暴だった。腹が立っていると、山村さんが、やたらにその運転を賞(ほ)めるので、びっくりしてしまった。それも、絶賛するのである。私にはプロのレーサーの友だちが何人もいるが、彼等(ら)よりあなたの方が上手い。レースに出てみない？　歯の浮くような賞め言葉である。

　私も仕方がないので賞めていたら、下りた後で山村さんに叱られてしまった。「私があんなに皮肉をいっているのに、どうして賞めるの」というのである。絶賛していると思っていたのだが、あれは皮肉だったのかと、初めて気がついた。

　それほど京都人の言葉、会話はわからない。

京女

お茶屋の有名な小話がある。東京の男がお座敷で気に入った舞妓がいたので、何時に外のお寿司店で待っているというと、舞妓が「おおきに」といったのでお寿司店で待っていたが、いくら待っても現れない。二度目に誘った時も「おおきに」といったので、待っていたのに来てくれない。客はとうとう怒り出して、イエスといいながら何故来なかったのだというと、舞妓はびっくりして、私はいつもお断りしていました、という話である。

これは、ヨソモノ、特に東京人（東男）の鈍感さの例えにお茶屋で聞く話なのだが、これを聞くと、東男に京女という、気の合う例え話に首をかしげてしまう。

考えてみると、京女の代表の舞妓は、十七歳でお座敷に出て、大人の相手をするのである。二十歳の時旦那がつかなければ、自前で芸妓として、お座敷に出る。そのあと、クラブのママにでもなったら、それこそ天下無敵である。

祇園にそんな女性がママをやっているクラブがあって、ある出版社と使っていた。その出版社の部長もよく来ていたが、ママは、店では標準語を使っていたのに、何故か、部長の顔を見ると、突然京都弁（正確には祇園言葉というべきなのか）になる。

そうなると、私も編集者も、そろそろくるなと思う。来たばかりの部長は突然急用を思い出し、タクシーを呼んで姿を消し、ママもいなくなった。その部長もすでに定年退職しているが、あのママの経歴と京都弁には、とても抵抗できなかったろうと、今更、お気の毒だった。いや、楽しかったに違いない。

そんなママさんの二人が話しているのを聞いたことがあったが、着物姿でニコニコ笑いながら京都弁でお喋りをしている。素敵な光景だと思って、コーヒーを飲みながら聞いていた。京都弁（祇園言葉か）もいいし、着物もいいと思っていたが、そのうちに、お互いの店にやってくる客ダネの素晴らしさを賞め合っているように聞こえてきた。ライバルを賞め合うなんて、優雅ではないか。そう思いながら聞いている中に、少しおかしいなと思い始めた。

京都弁

どうも、お互いの客ダネの悪口をいい合っているようなのだ。驚いたが、何故か、不快ではなかった。むしろ、見事なものだと感心した。その半分くらいは、京都弁のせいに違いない。ヨソモノにとって、京都弁は外国語に近い。それも、心地良い外国語である。

私は、二十年間京都に住んでいたのだが、日常の生活で聞こえてくるのは、標準語である。何故、京都人が出し惜しみするのかわからないが、聞こえてくるのは標準語なのだ。観光客に対して、標準語の方が親切だと思っているのだろうか？

しかし、私から見れば、出し惜しみとしか思えない。ヨソモノは、京都へ行けば、当然京都弁が聞こえてくるものと思っているのだが、聞こえてくるのは標準語だし、着物姿があふれていると思い込んで楽しみにするのだが、実際には、着物姿の京都人も殆ど歩いていない。一種の飢餓状態にあるから、突然着物姿が出現し、京都弁が聞こえてくると、私たちは否応なしに満足し、ニコニコしてしまうのである。

私は湯河原に移住してしまったので、京都弁に接することも無くなってしまった。そうなって、京都弁がますます、京都人にとって他人を化かす武器になっていくだろうと考えるようになった。不思議な言葉である。

伝達手段としては優れているとはいえない。解釈のあいまいな言葉が多いのだ。イエス、ノーのどちらにもとれる言葉がある。ヨソモノの私から見れば、言語としては不合格に見えるのだが、京都弁ではそのあいまいさが武器なのだから、不思議な言葉である。

京都の不思議さを続けよう。

京都人は、千年の都に代々住んでいるから、一見保守的に見えるのだが、新しもの好きでもある。ノーパン喫茶（＊7）が初めて生まれたのは京都だといわれているし、政治的には、左と右が強くて、中庸が弱い。共産党と自民党が強く、民社が弱いのである。革新系の知事の時代が長かったので、東京のような首都高速が生まれずに、頭上がすっきりしているのだが、その代わり、道路が狭い上に、一方通行が多い。

＊7　ノーパン喫茶
一九八〇年前後に誕生したとされる性風俗。店内でコーヒー等を運ぶ女性たちが超ミニのスカートをはき、その下はストッキングのみで下着を着用していなかった。京都の「ジャーニー」が元祖とされるが諸説ある。

住民の格

私は、別荘といえば、国内なら北海道や沖縄に造りたいし、金があれば、グアムやハワイに持ちたいと思う。たいていの人間ならそう考える筈だが、京都人は、何故か、京都市内に別荘を造るのである。金が足らないわけではない。

私も、それを真似（まね）て、市内の仁和寺（にんなじ）の近くに別荘を持とうとしたことがあった。不動産屋のすすめで、仁和寺の近くには、有名人や会社社長の別荘が多いというので見に行った。

そこに二百坪の宅地があるというので、見に行ったのである。確かに仁和寺の近くには、京都の有名人や会社の別荘が多いが、いずれも、三千坪、五千坪、時には一万坪、二万坪という大きな別荘ばかりだった。有名人といっても、生け花やお茶の家元の別荘だから、大きいのが当然だった。それに比べて二百坪では小さすぎるので、不動産屋には断ることにした。それにしても、市内に別荘を造る

観光客でにぎわう仁和寺の境内

という京都人の神経が、私には今でもわからない。

京都でも、赤い羽根募金があった。私の住んでいた町内会でも行われたのだが、私は、三万円と金額が決まっていた。京都市内の代表的な金額の表が作られていて、私は、清水寺と同じレベルに並んでいたのである。それがわかった時、不思議な気持ちだった。清水寺と同じでは高すぎるという思いと、これは京都人になれたのかという思いである。結局、それがわからないまま、募金は、かなりの金額を取られ続けていった。

京都に住みつくようになって、京都はコネの社会なので、まず、さまざまなところに生きている格差を覚える必要を感じた。ホテルから、料亭、趣味、食べ物まで、京都には格差があり、それを覚えないと生きにくいことがわかってくる。わからないと、京都人になりにくいらしいのだが、そのうちに、京都人にも格差があるらしいことに気がつく。

代々京都に住み、町衆と呼ばれる人たちは、一等京都人だろう。祇園祭には無条件で参加できる。家元たちも、その中に入りそうである。難しいのは、ヨソモノから京都人になろうとする私たちがどのレベルにいるのかだが、これがはっきりしないから困るのだ。

読めない態度

とにかく、京都には日本人と京都人がいると断言する京都人と京都である。京都人になろうとする日本人が戸惑うのは、京都と京都人の態度のあいまいさと、意地悪である。これも、京都人自身が、京都は大人の文化、意地悪文化だといっているのだから、困ってしまうのだ。

私も、その意地悪にぶつかった。困ったことがある。小説が売れて、高額納税者になって、少しは知られるようになった頃である。かなり高額の物を買いに京都の有名店に行く。ベテランの店員が対応する。その時である。京都以外だと、店員が私のことを知っているかどうか、すぐわかる。知らなければ事務的だし、知っていれば、最初から笑顔で「読んでますよ」「がんばって下さい」といってくれるからである。

京都の場合、それが全くないことが多い。といって、知らないのだとも決めつ

「五山送り火」で、東山の如意ヶ嶽に浮かび上がる「大」を背に船形を眺める人たち

けられない。そんな態度なのだ。「私を知ってますか？」と聞くわけにもいかない。最悪なヤボったさだからだ。そうなるとなおさら、こちらを知っているかどうか気になってしまう。結局、最後までわからず、疲れて「おかげで値切れなかった」と友だちにいったりしたが、完全に負け惜しみである。

京都では、いろいろな驚きにぶつかった。お坊さんといえば、一応、人生の教師で、欲望を持たない人ということになっているが、京都では、一番の遊び人である。クラブなどで、お坊さんがカウンターにずらりと並んでいたりする。ママさんは「京都で本当の遊びを知りたければ、お坊さんに聞きなさい。お坊さんが一番の遊び人だから」と、教えてくれるのである。

新幹線のグリーン車に、背広姿のお坊さんがお茶屋のおかみさんと一緒にいたことがあって、これから熱海に行くという。熱海に檀家がいるとは思えないから、遊びに行くのである。私は、こんなお坊さんが好きだ。

特別編

山村美紗さんとのこと

山村さん追想

最後に、亡くなった山村美紗さんのことを書いておきたい。私に、京都のことをいろいろと教えてくれた。それがなかったら、とっくに、私は京都から逃げ出していたに違いなかった。

途中から山村さんも人気作家になっていたから、うるさい雑誌「噂の真相」（＊1）は、私たちを「京都の二人」と呼び、山村さんを多少の皮肉をこめて「京の女王さま」と呼んでいた。ある出版社の社長が、京都観光をかねて山村さんに会いに来ると、噂の真相は「女王がK出版の社長を呼びつけた」と書いた。

事実は違っているのだが、そう思わせる女王様的なところが、山村さんにはあった。京都人らしく、お中元やお歳暮のつけ届けはきっちりしていたが、山村さんらしく、編集者からのお歳暮には、言葉を添えさせていた。一番は、ネグリジエを贈った編集者で「いつもあなたのお傍に」と書き添えたのが、気に入ったという。それを真似て、お風呂セットを贈り「いつもお傍に」と書いた編集者は、「一番センジは駄目」と評価を落とされてしまった。

頭が切れるので、勝手な誤解をすることがあった。マージャンを編集者とすると「私は当たりの牌がわかるから、一度も振り込んだことがないのよ」と威張っていたが、お相手をする編集者たちが、山村さんが怖いので、当たっていても、上がらなかったのである。

山村美紗さん

せっかちで決めつけるところがあったから、それが、人間関係をこわすこともあった。編集者の中には、山村さんとケンカをして、お互いに後に退かずに、そのままになってしまったこともあった。

山村美紗さんは多才で、短編小説の挿絵を自分で描いたこともある。数学が得意だったし、法律が好きだから、弁護士になればよかったということもあった。

＊1　噂の真相
一九七九年、岡留安則編集長が創刊、反権力・反権威を掲げてスキャンダリズムを追求した月刊誌。ゴシップ報道もいとわぬ姿勢に対し、訴訟や抗議も多数寄せられ、編集部が襲撃を受けることもあった。二〇〇四年休刊。

多才な人

山村美紗さんの父は、京都大で法律を教えていた。弟は木村汎という政治学者で、中曽根康弘首相のブレーンだったこともあるから、彼女の弁護士になればよかったという言葉は、あながち強がりでもなかった。

多才さが彼女を苦しめていたということもあったのか、私に向かって「西村さんはいいわね。小説を書くことしか出来ないから、悩まずにすんで」と私を怒らせることもあった。

ゼンソクが持病で、その発作に生涯苦しめられていた。その対応も山村さんらしく、日本の治療方法はおくれているといって、本屋からゼンソクに対するアメリカの最新の治療法を書いた学術書を取り寄せ、自分で翻訳して読んでいた。結果、アメリカの方法が新しいものだとわかり、それをやってくれる医者を探した。

日本の医者は怖がって、アメリカの新しい治療法をやってくれない。編集者を動員して探させた結果、東京にやってくれる医者を見つけ出した。その医者は日本で初めて、ゼンソクの新しい治療法を実施したのだと思う。結果、副作用が出たりしたものの、一時的に軽くなって喜んでいたが、結局、ゼンソクが命取りになったと思う。

もう一つ彼女を苦しめたのは、肝臓の強さだった。これは、いいことでもあって、お酒に酔わず「私を毒殺しようとしても駄目よ。肝臓が丈夫だから、毒で死なないから」と、笑っていたのである。ただ、手術なんかの時に、麻酔が利かずに、山村さんを苦しめたのも事実だった。

私にとって彼女は何だったのかといえば、「最初は恋人、最後は戦友」ということになるのだが、山村さんは「勝手なことはいわないでよ」で、怒るかも知れない。

山村美紗さんとの思い出を語る筆者

結局わからない

山村さんのお墓は、京都の泉涌寺にある。私は京都に住みながら、この寺の名前を知らなかった。京都案内を見ると、天皇家の菩提寺とある。そんな寺に、どうして山村さんの墓があるのか不思議だったが、生前、山村さんがいっていたことを思い出した。

「実は、叔父に当たる人が大変な資産家で、道楽者だったけど、京都市にも、お寺にも沢山寄付をしているから、父（大学教授）は、泉涌寺にお墓が作れたし、私も多分、死ねば泉涌寺にお墓が出来ると思う」

その通りになったということである。改めて、京都は不思議な町だと、私は思う。一般人でも、一定の寄付をすれば、天皇家の菩提寺にお墓が作れるのである。それだけ、京都人は天皇に親しみを持っている。今でも、いつか天皇は、京都にお戻りになると、信じているのだろう。

これまでの出来事を振り返る筆者

現在、私は京都を離れて、湯河原に住んでいる。二十年間、京都に住んでいたのだが、今も、京都も京都人も不可解である。他所者に対して優しく親切である。いわゆる「おもてなし」をしてくれる。さすがに、千年の都だと思う。もう一度、訪ねてみたいと思う。しかし、「京都は好き」といえても、「京都がわかった」とは、とても思えないのである。東京の町は、雑多な人々の集まりで住みにくそうに見えるのだが、逆に住みやすい。逆に、京都は単一民族の感じで理解しやすい筈なのだが、住みにくいのである。だが京都と京都人は好きなのだ。このジレンマは、二十年間で痛いほど身にしみた。

結局、片思いの状態になってしまうのである。

先日「京都がきらい」という本が売れているというので、読んでみたが、書かれているのは「京都が好き」なのに、わかって貰(もら)えないという片思いの本だった。

私は今、京都を主題にした小説を書いている。京都と京都人を批判してやろうと思って書き出したのだが、書けば書くほど、わからなくなってくる。不思議な町であり、不思議な人々である。そういえば、山村さんも、不思議な女性だった。

西村京太郎年譜

山前 譲・編

昭和五（一九三〇）年

九月六日、東京・日暮里に生まれ、東京・荏原区小山町（現・品川区小山）で育つ。本名は矢島喜八郎。弟二人、妹一人の四人兄弟妹の長男。父は栃木県生れの菓子職人で、「矢島せんべい」というお菓子屋を日本橋で営んでいたこともある。母は東京生れで、御家人の娘だった。

昭和十二年（一九三七）年　七歳

武蔵小山の小学校に入学。運動は得意ではなく、けんかには必ず負けていたが、手先が器用だったのでメンコとベイゴマは強かった。また、幼い弟や妹の子守をしながら、トンボとりを。「少年倶楽部」に連載された江戸川乱歩の〝怪人二十面相シリーズ〟や吉川英治『神州天馬侠』を読んでいたが、小学五年生くらいになるとそれでは物足りなくなり、近くの古本屋で土師清二『砂絵呪縛』や小島政二郎『三百六十五夜』といった大人向けの小説を買ったりした。

昭和十六（一九四一）年　十一歳

十二月八日に日本が米英と戦争状態に入ると、手帳に世界地図を手書きして、日本が占領した場所に日の丸を書き込んだりした。桜井忠温『肉弾』などの軍事小説を読む。

昭和十七（一九四二）年　十二歳

食糧事情が悪くなり、冬休み、栃木の佐野にいた父の親戚のところに、一時疎開した。田舎暮らしに馴染めず、甲賀三郎の探偵小説『姿なき怪盗』など、家に閉じこもって読書に耽った。

昭和十八（一九四三）年　十三歳

四月、東京・大井町にあった旧制府立電機工業学校に入学。目黒駅で貨物線の蒸気機関車を見ていたら、もくもくと煙を吐いている姿が勇ましく感じ、日本の躍進を象徴していると作文に書いたら、コンクールで入選した。江戸川乱歩の大人向け長編を読みはじめる。

昭和二十（一九四五）年　十五歳

四月、七十倍とも百倍とも言われた試験に合格し、第四十九期生として八王子の東京陸軍幼年学校に入学する。第三教育班第五学班（フランス語）に配属。五月二十五日、空襲によって被災し、家族が調布市仙川に転居する。幼年学校も八月二日に空襲をうけ、同期生に戦死者が出た。八月十五日に終戦を迎えたが、その後も毎日訓練をしていて、家族の所に帰ったのは二週間ほど経ってからだった。恵比寿の進駐軍キャンプでしばらく働く。この頃から二十五、六歳にかけて映画をよく観た。

昭和二十一（一九四六）年　十六歳

都立となっていた電機工業学校三年に復学。

昭和二十三（一九四八）年　十八歳

アルバイトをしながら都立電機工業学校を卒業。在学中に臨時人事委員会（同年末に人事院と改組）の職員募集に合格する。午前中は研修、午後は学校という生活を一時期していた。人事院では、新しい公務員制度を作る仕事に携わる。

昭和二十五（一九五〇）年　二十歳

職場内の文学同人誌「パピルス」に参加。この頃は太宰治が好きで、他に志賀直哉、ドストエフスキー、カフカ、カミュ、サルトルなどを読んでいた。同人誌は四、五年つづいたが、発表したのはエッセイ一作だったという。旅好きで、当てのない旅をよくした。

昭和二十九（一九五四）年　二十四歳

アイリッシュの『暁の死線』や『幻の女』でミステリーの面白さを知り、ジョン・ディクスン・カーやE・S・ガードナーらの作品を集中して読んだ。

昭和三十一（一九五六）年　二十六歳

講談社が「長篇探偵小説全集」を刊行するにあたって第十三巻の原稿を募集した。そこに『三〇一号車』を本名で投じたが、予選を通過したにとどまる。入選作は鮎川哲也の『黒いトランク』。

昭和三十二（一九五七）年　二十七歳

この年より長編公募となった第三回江戸川乱歩賞に、『二つの鍵』を西村京太郎名義で応募するも、受賞は逃す。ペンネームの由来は、人事院の仲間から姓を貰い、東京出身の長男だから「京太郎」とした。受賞作の仁木悦子『猫は知っていた』がベストセラーとなり、推理小説ブームが訪れる。

昭和三十三（一九五八）年　二十八歳

西村京太郎名義の「賞状」で講談倶楽部賞の候補に。

昭和三十四（一九五九）年　二十九歳

矢島喜八郎名義の「或る少年犯罪」で講談倶楽部賞の候補に。

昭和三十五（一九六〇）年　三十歳

学歴が重視されだした職場に将来の不安を感じていたが、結婚を勧められたのを契機に、三月、人事院を退職する。学歴に関係のない作家を志し、退職金と積立金を給与と偽って母親に渡しながら、午前中は上野の図書館で執筆、午後は浅草の映画館という生活を一年ほどつづける。第六回江戸川乱歩賞に黒川俊介名義の『醜聞』が最終候補に残ったが、この年は受賞作なし。それ以外にも懸賞小説に手当たり次第に応募したものの、なかなか成果は上がらなかった。

昭和三十六（一九六一）年　三十一歳

推理小説専門誌「宝石」の短編懸賞で「黒の記憶」が候補二十五作に入り、二月増刊号に掲載される。しかし、入選には至らなかった。退職金が底をついたため、パン屋で住込みの運転手として働く。

昭和三十七（一九六二）年　三十二歳

読売短編小説賞で矢島喜八郎名義の「雨」で候補に。第五回双葉新人賞に「病める心」が一席なしの二席に入選。賞金は十万円だった。以後、双葉社発行の大衆小説雑誌を中心に短編を発表する。この年は「歪んだ顔」など三編を執筆。しかし、書籍取次の東販などでのアルバイトはつづけられた。第八回江戸川乱歩賞に西崎恭名義で『夜の墓標』を投稿。

昭和三十八（一九六三）年　三十三歳

七月、第二回オール讀物推理小説新人賞に「歪んだ朝」で入選。九月、同誌に掲載される。第九回江戸川乱歩賞には、『死者の告発』『恐怖の背景』『殺人の季節』（西崎恭名義）など四作も投じたが、二次予選通過にとどまる。私立探偵や中央競馬会の警備員などのアルバイトを。

昭和三十九（一九六四）年　三十四歳

三月、文藝春秋新社より最初の長編『四つの終止符』を書下し刊行。『この声なき叫び』と題されて映画化、翌年一月に松竹系で公開された（市村泰一監督）。第十回江戸川乱歩賞に『雪の空白』を投じる。早川書房主催の第三回ＳＦコンテストで西崎恭名義の「宇宙艇３０７」で努力賞。この年は「夜の終り」など十作を超える短編を発表した。

昭和四十（一九六五）年　三十五歳

七月、「天使の傷痕」で第十一回江戸川乱歩賞を受賞し、八月に刊行される。九月十一日、日活国際会館で授賞式と祝賀パーティ。この年には三十作近い短編も発表するが、もう一度文章を勉強しようと、長谷川伸門下の新鷹会が指導していた大衆文学の勉強会「代々木会」に入会した。

昭和四十一（一九六六）年　三十六歳

六月、乱歩賞受賞後第一作の『D機関情報』を書下し刊行。「徳川王朝の夢」など、時代小説の短編も手掛ける。

昭和四十二（一九六七）年　三十七歳

総理府の「二十一世紀の日本」創作募集に、文学部門で『太陽と砂』が一等入選、賞金五百万円を獲得した（応募時は矢島喜八郎名義）。受賞作は八月に講談社より刊行。その賞金で仙川の借家を買い取る。

昭和四十三（一九六八）年　三十八歳

「手を拍く猿」以下、新鷹会発行の「大衆文芸」に精力的に作品を執筆。家族と離れ、渋谷区幡ヶ谷のマンションに住む。

昭和四十四（一九六九）年　三十九歳

一月から十一月まで、初めての新聞連載小説『悪の座標』（のちに『悪への招待』と改題）を「徳島新聞」に連載する。この年から昭和四十九年まで江戸川乱歩賞の予選委員をつとめた。十一月、近未来小説の『おお21世紀』（のちに『21世紀のブルース』と改題）を春陽堂書店より刊行。

昭和四十五（一九七〇）年　四十歳

渋谷区本町に転居。五月、「大衆文芸」に発表した作品をまとめて短編集『南神威島』を自費出版する。三月から十二月まで、「大衆文芸」に長編『仮装の時代』（別題『富士山麓殺人事件』、『仮装の時代　富士山麓殺人事件』）を連載。

昭和四十六（一九七一）年　四十一歳

三月、『ある朝海に』をカッパ・ノベルス（光文社）より書下し刊行。この年さらに『名探偵なんか怖くない』など五作の長編を書下し刊行する。夏、一週間の与論島旅行。

昭和四十七（一九七二）年　四十二歳

仕掛けの巧妙な『殺意の設計』、社会派の『ハイビスカス殺人事件』、パロディの『名探偵が多すぎる』、トラベル色の濃い『伊豆七島殺人事件』とヴァラエティに富んだ長編を刊行する。

昭和四十八（一九七三）年　四十三歳

少数民族問題をテーマにした『殺人者はオーロラを見た』を刊行。この頃から、社会派推理にたいする創作姿勢に疑問を抱き、以後、社会派推理の執筆から遠ざかった。八月、書下し長編『赤い帆船（クルーザー）』と週刊誌に連載を開始した『殺しのバンカーショット』に、警視庁捜査一課の十津川が初めて登場する。

昭和四十九（一九七四）年　四十四歳

七月、沖縄の与那国島に旅行。肝臓障害により、一年ほど、入院を含む療養生活をおくる。以来、蒲団に腹這いになって原稿を書くようになった。

昭和五十（一九七五）年　四十五歳

病癒え、フィリピン旅行。『消えたタンカー』ほか四長編を書下す。唯一の時代長編『阿州太平記　花と剣』（のちに『無明剣、走る』と改題）を翌年にかけて「徳島新聞」に連載する。

昭和五十一（一九七六）年　四十六歳

『消えたタンカー』が日本推理作家協会賞の候補となるが、この年は該当作なしだった。四月、私立探偵・左文字進シリーズの第一作『消えた巨人軍（ジャイアンツ）』を刊行。

昭和五十二（一九七七）年　四十七歳

一月四日に無差別殺人の「青酸コーラ事件」発生。前年末発売の「別冊問題小説」に一挙掲載した、『華麗なる誘拐』との類似がマスコミで話題となった（刊行は三月）。年末、健康のため区の卓球同好会に参加する。

昭和五十三（一九七八）年　四十八歳

十月、鉄道トラベル推理の第一作となった『寝台特急（ブルートレイン）殺人事件』を書下し刊行し、ベストセラーとなる。

昭和五十四（一九七九）年　四十九歳

長編『発信人は死者』が『黄金のパートナー』と題して映画化、四月に東宝系で公開される（西村潔監督）。その際、飛行機の乗客として出演した。十月、三橋達也が十津川警部を演じた『ブルートレイン・寝台特急殺人事件』がテレビ朝日系列の「土曜ワイド劇場」で放送。以後、高橋英樹や渡瀬恒彦などさまざまな十津川警部がテレビドラマで活躍する。

昭和五十五（一九八〇）年　五十歳

五月、京都市中京区に転居。七月、トラベル・ミステリーの第三作『終着駅（ターミナル）殺人事件』を刊行しベストセラーに。

昭和五十六（一九八一）年　五十一歳

『終着駅殺人事件』で第三十四回日本推理作家協会賞を受賞する。四月二十六日、新橋第一ホテルにて授賞式と祝賀パーティが開かれた。以後、鉄道物を中心に、トラベル・ミステリーが多くなる。

昭和五十七（一九八二）年　五十二歳

この年と翌年、江戸川乱歩賞の選考委員をつとめる。五月、ミステリー・ファンクラブ「SRの会」の結成三十周年記念大会に、山村美紗、連城三紀彦とともにゲストとして参加。十一月、京都市伏見区に転居。

昭和五十八（一九八三）年　五十三歳

光文社のエンタテインメント大賞選考委員となる。十月、監修の『鉄道パズル』（光文社）を刊行。一月の『四国連絡特急殺人事件』を最初に、この年には七作のトラベル・ミステリー長編を刊行した。

昭和五十九（一九八四）年　五十四歳

この年と翌年、日本推理作家協会賞の選考委員をつとめる。また、小説現代新人賞の選考委員にも。三月、一連の食品会社脅迫事件が発生。西村作品との共通性がまた話題となる。国税庁発表の昭和五十八年度所得税額は一億を超え、作家部門で五位。九月、〝殺人ルート〟シリーズの第一作『オホーツク殺人ルート』を講談社より、〝駅〟シリーズの第一作『東京駅殺人事件』を光文社より刊行。十二月、京都南座恒例の「素人顔見世」に初出演。「菅原伝授手習鑑」の菅秀才役だったが、子役のため台詞に苦労した。

昭和六十（一九八五）年　五十五歳

昭和五十九年度の所得税額は一億八千二百七十六万円で、作家部門の二位。つねに四、五作の長編を並行して雑誌に連載する状況がつづく。六月、「問題小説」の増刊として、「西村京太郎読本」が刊行される。八月、〝高原〟シリーズの第一作『南伊豆高原殺人事件』を徳間書店より刊行。

昭和六十一（一九八六）年　五十六歳

七月、京都東山区の元旅館を改装して転居。十一月、『西村京太郎長編推理選集』（講談社）が発刊。翌々年にかけて全十五巻を毎月刊行。

昭和六十二（一九八七）年　五十七歳

四月、腎臓結石で緊急入院するが、二日で退院。

昭和六十三（一九八八）年　五十八歳

『名探偵なんか怖くない』がフランスで翻訳刊行される。『D機関情報』が『アナザーウェイ　D機関情報』と題して映画化。スイスを中心に海外ロケを行い、九月に東宝東和系で公開される（山下耕作監督）。十月、十津川警部の名をタイトルにした第一作『十津川警部の挑戦』を実業之日本社より刊行。

昭和六十四／平成元（一九八九）年　五十九歳

十月、グルノーブルで行われた国際推理小説大会に招待されてフランスを訪問。高速列車TGVなどの取材は、翌年刊の『パリ発殺人列車』ほかの長編に結実した。

平成二（一九九〇）年　六十歳

二月、〝本線〟シリーズの第一作『宗谷本線殺人事件』を光文社より刊行。六月、韓国へ取材旅行。『ミステリー列車が消えた』が〝THE MYSTERY TRAIN DISAPPEARS〟と題されてアメリカで翻訳刊行される。字幕スーパーによる映画『四つの終止符』が完成（大原秋年監督）、上映会が全国で展開された。

平成三（一九九一）年　六十一歳

『オリエント急行を追え』、『パリ・東京殺人ルート』、『十津川警部・怒りの追跡』と海外が舞台の長編を刊行。七月、久々の書下し長編『長崎駅（ナガサキ・レディ）殺人事件』を光文社より刊行する。

平成六（一九九四）年　六十四歳

十月十四日、第一回の「鉄道の日」に鉄道関係功労者として運輸大臣から表彰される。

平成八（一九九六）年　六十六歳

一月十日、脳血栓のため自宅で倒れる。さいわい回復は早く、数カ月のリハビリで創作活動は再開された。三月、長年構想していた、昭和初期を舞台とする書下し長編『浅草偏奇館の殺人』を文藝春秋より刊行。十二月、温泉治療をすすめられ湯河原に転居。

平成九（一九九七）年　六十七歳

前年の九月五日に急逝した山村美紗の未完長編を書き継ぎ、五月に『龍野武者行列殺人事件』を実業之日本社（山村美紗名義。角川文庫版は共著）より、七月に『在原業平殺人事件』を中央公論社より刊行。十月二十二日、第六回日本文芸家クラブ大賞特別賞を受賞。第一回日本ミステリー文学大賞新人賞の選考委員をつとめる。

平成十（一九九八）年　六十八歳

一月、十津川警部と山村美紗作品で活躍したキャサリンの共演作を表題作とする、短編集『海を渡った愛と殺意』を実業之日本社より刊行。十二月、ＫＳＳ出版より郷原宏編『西村京太郎読本』が刊行される。

平成十二（二〇〇〇）年　七十歳

自伝的小説と謳われた長編『女流作家』を朝日新聞社より刊行、四月十八日に出版を祝う会が東京會舘で催された。九月一日、帝国ホテルで「古希と著作三百冊を祝う会」が催される。

平成十三（二〇〇一）年　七十一歳

十月、神奈川県湯河原町に「西村京太郎記念館」が開館、全著書や生原稿、鉄道模型のジオラマなどが飾られ、多くのファンで賑わう。湯河原文学賞が創設され、小説部門の選考委員を務める。

平成十四（二〇〇二）年　七十二歳

「西村京太郎ファンクラブ」が設立され、十月に会報「十津川エクスプレス」を創刊。

平成十五（二〇〇三）年　七十三歳

四月、トラベル・ミステリー二十五周年を記念して『新・寝台特急（ブルートレイン）殺人事件』を刊行、東京国際ブックフェアでサイン会を開く。九月、湯河原で行われた初の「西村京太郎ファンクラブの集い」には、百二十名余りが参加。十一月より、携帯電話で配信される新潮ケータイ文庫に『東京湾アクアライン十五・一キロの罠』を連載。

平成十六（二〇〇四）年　七十四歳

二月、第二十八回エランドール賞（日本映画テレビプロデューサー協会主催）の特別賞を受賞。四月、『華麗なる誘拐』を原作とした映画『恋人はスナイパー』が、東映系にて全国公開される（六車俊治監督）。十月、第八回日本ミステリー文学大賞の選考会で大賞に決定。十一月、オールアウトより、『十津川警部「記憶」』の取材旅行の様子を収めたＤＶＤ『大井川鐵道の旅』が発売される。十二月、小学館よりムック『西村京太郎鉄道ミステリーの旅』が刊行される。

平成十七（二〇〇五）年　七十五歳

三月十六日、第八回日本ミステリー文学大賞贈呈式。四月の『青い国から来た殺人者』のサイン会を初めとして、この年には四回ものサイン会を行った。四月、ロング・インタビューをまとめた『西村京太郎の麗しき日本、愛しき風景　わが創作と旅を語る』（聞き手・津田令子）を文芸社より刊行。湯河原町第一号の名誉町民に。

平成十八（二〇〇六）年　七十六歳

五月、十津川警部の名の由来となった、奈良県・十津川村を舞台とする『十津川村　天誅殺人事件』を小学館より刊行、同村の第三セクターが運営するホテルに、十津川警部シリーズのコーナーが設けられた。同月刊の『北への逃亡者』で著作が四百冊に達する。九月三日、ウェルシティ湯河原で「著作四百冊突破記念ファンクラブの集い」が催される。十一月、『女流作家』の続編となる『華の棺』を刊行。

平成十九（二〇〇七）年　七十七歳

九月二日、湯河原で喜寿を祝うファンクラブの集い。同時に、西村京太郎記念館の案内係としてロボットが登場する。十月、ニンテンドーDS用ソフトの『DS西村京太郎サスペンス新探偵シリーズ　京都・熱海・絶海の孤島　殺意の罠』がテクモから発売されて話題となる。

平成二十（二〇〇八）年　七十八歳

十一月、ニンテンドーDS用ソフトの第二弾『金沢・函館・極寒の峡谷　復讐の影』発売。

平成二十一（二〇〇九）年　七十九歳

一月、「第一回麻雀トライアスロン　雀豪決定戦」に参加、一次予選は一位だったが、二次予選は三位で惜しくも決勝進出を逃す。翌年の第二回にも参加。「十津川警部犯罪レポート」と題して、秋田書店より作品のコミック化が相次ぐ。

平成二十二（二〇一〇）年　八十歳

六月、第四十五回長谷川伸賞を受賞。「多年にわたり、広く人々に愛され親しまれる数多くの作品を発表してこられた類まれな実績と、その優れた功績に対して」のものだった。

平成二十三（二〇一一）年　八十一歳

一月、四十七道府県を網羅する『十津川警部　日本縦断長篇ベスト選集』（徳間書店）が発刊。日本ミステリー文学大賞の選考委員となる。

平成二十四（二〇一二）年　八十二歳

三月刊の『十津川警部秩父SL・三月二十七日の証言』で著作が五百冊に達する。四月、エッセイ『十津川警部とたどる時刻表の旅』を角川学芸出版より刊行、つづいて『十津川警部とたどるローカル線の旅』、『十津川警部とたどる寝台特急の旅』も。三月のNHK文化センター青山教室や七月の世田谷文学館など、トークショーの多い一年となった。九月二十六日、帝国ホテルにて「西村京太郎先生の著作五百冊を祝う会」が催される。

平成二十五（二〇一三）年　八十三歳

テレビ朝日系「西村京太郎トラベルミステリー」が七月十三日放送の『秩父SL・3月23日の証言～大逆転法廷!!』で放送回数が六十回に、TBS系「西村京太郎サスペンス　十津川警部シリーズ」が九月九日放送の『消えたタンカー』で放送回数が五十回に、それぞれ到達した。九月、DVDマガジン『西村京太郎サスペンス　十津川警部シリーズ』創刊（全五十巻）。九月二十八日、新潟県・柏崎市で講演会、かしわざき大使に就任する。

平成二十六（二〇一四）年　八十四歳

四月、人間とコンピューターが対戦する第三回将棋電王戦第四局の観戦記を執筆。

平成二十七（二〇一五）年　八十五歳

太平洋戦争の終戦からちょうど七十年という節目の年を迎えて、『暗号名は「金沢」　十津川警部「幻の歴史」に挑む』、『十津川警部　八月十四日夜の殺人』、『「ななつ星」極秘作戦』など、戦争のエピソードをテーマにした長編を精力的に刊行。

平成二十八（二〇一六）年　八十六歳

『十津川警部　北陸新幹線殺人事件』ほか、前年三月に金沢まで開通した北陸新幹線を早速舞台に。

平成二十九（二〇一七）年　八十七歳

八月、自身の戦争体験を綴った『十五歳の戦争　陸軍幼年学校「最後の生徒」』を集英社新書より刊行。

九月にフジテレビ系「超アウト×デラックス」、十二月にＴＢＳ系の「ゴロウ・デラックス」とテレビ出演。十二月刊の『北のロマン　青い森鉄道線』で著作が六百冊に到達する。

平成三十（二〇一八）年　八十八歳

四月、テレビ東京系の「開運なんでも鑑定団」に出演。大井川鐵道を取材した際に購入したSLの模型「ライブスチーム　C11」を出品。

平成三十一／令和元（二〇一九）年　八十九歳

四月、第四回吉川英治文庫賞を「十津川警部シリーズ」で受賞する。

令和二（二〇二〇）年　九十歳

新型コロナウイルス蔓延のため、この年に行われるはずだった東京オリンピックは翌年に延期。四月に刊行した『東京オリンピックの幻想』は戦前の幻の東京オリンピックをテーマにしていた。

令和三（二〇二一）年　九十一歳

九十歳を過ぎたが、この年も八作の新作長編を刊行。

令和四（二〇二二）年

「オール讀物」にて『SL「やまぐち」号殺人事件』を連載中の三月三日、肝臓ガンにて逝去。五月、文春ムック『西村京太郎の推理世界』が刊行される。

初出：本文／東京新聞・夕刊「この道」2019年8月1日〜10月31日掲載
年譜／徳間文庫「十津川警部シリーズ　悲運の皇子と若き天才の死」
（2022年8月15日刊）より

戦争とミステリー作家

なぜ私は「東条英機の後輩」になったのか

第1刷　2025年2月28日

著者　西村京太郎

発行者　小宮英行

発行所　株式会社徳間書店
〒141-8202
東京都品川区上大崎3-1-1目黒セントラルスクエア
電話　（編集）03-5403-4344／（営業）049-293-5521
振替　00140-0-44392

印刷・製本　三晃印刷株式会社

ISBN978-4-19-865968-4